Chères lectrices,

Le premier baiser… Petites filles déjà, nous nous demandions, un peu inquiètes, quand ce grand événement se produirait pour nous. Adolescentes, nous l'espérions dans le secret de notre chambre, en écoutant de la musique ou en feuilletant des romans. Et lorsque nous avons été amoureuses, nous l'avons attendu le cœur battant, en imaginant des milliers de scénarios possibles dans lesquels l'être aimé faisait le premier pas… Ces rêves, et cette délicieuse attente, sont tellement emplis d'émotions qu'ils font, eux aussi, partie de nos plus merveilleux souvenirs ; ils sont devenus indissociables des moments bouleversants que nous avons vécus… quand enfin il s'est décidé à nous enlacer !

C'est ce que va vivre Pippa, l'héroïne de *Coup de foudre pour un séducteur* (Azur n° 2614) dans les bras du ténébreux et séduisant Andreo d'Alessio, l'homme dont elle est tombée amoureuse dès le premier regard. Près de lui, elle n'attend plus qu'une chose : qu'il la prenne dans ses bras et qu'il l'embrasse avec passion…

Excellente lecture !

La responsable de collection

Le 1er septembre,
ne manquez pas votre dernier rendez-vous
avec la trilogie de Lynne Graham

SECRETS et PASSIONS

Il peut suffire d'une rencontre pour que tout chavire… Bientôt, les héroïnes de « Secrets et Passions » ne pourront plus dire le contraire. Un seul regard, et leur vie va basculer dans le plus grand bonheur…

Découvrez le mois prochain :

Un mariage plein de surprises
(Azur 2622)

Secrets et Passions
Quand l'amour triomphe de tous les secrets…

Coup de foudre pour un séducteur

LYNNE GRAHAM

Coup de foudre pour un séducteur

COLLECTION AZUR

éditions Harlequin

Cet ouvrage a été publié en langue anglaise
sous le titre :
THE ITALIAN BOSS'S MISTRESS

Traduction française de
MARIE-PIERRE MALFAIT

HARLEQUIN®

est une marque déposée du Groupe Harlequin
et Azur® est une marque déposée d'Harlequin S.A.

Photo de couverture
Propriété : © BOB KRIST / CORBIS

83-85, boulevard Vincent-Auriol, 75013 PARIS — Tél. : 01 42 16 63 63
Service Lectrices — Tél. : 01 45 82 47 47
ISBN 2-280-20518-1 — ISSN 0993-4448

1.

Une équipe de cadres était venue tout spécialement à Naples pour présenter à Andreo sa dernière acquisition, l'entreprise Venstar.

L'ambiance était tendue car tous ceux qui avaient fait le déplacement se savaient sur la sellette. Andreo d'Alessio était en effet connu pour son impitoyable sens des affaires et pour sa réactivité.

— Ceci vous aidera à mettre un visage sur les noms des membres de notre équipe, lorsque vous viendrez nous rendre visite, déclara l'un des dirigeants.

Avec un petit rire nerveux, l'homme lui tendit un exemplaire du bulletin de l'entreprise dans lequel figurait une photo des principaux chefs de service et de leurs assistants.

Andreo d'Alessio examina la page de garde avec la plus grande attention. Il n'y avait qu'une seule femme dans le petit groupe. Apparemment très grande, elle se tenait légèrement courbée comme si elle espérait passer inaperçue au milieu de ses collègues. Des lunettes cerclées d'une épaisse monture mangeaient son visage fin, empreint de sérieux. Mais c'était surtout son allure négligée qui retint l'attention d'Andreo. Ainsi, quelques boucles rebelles s'échappaient de son épaisse chevelure qui aurait eu besoin d'un bon coup de peigne. Sourcils froncés, il remarqua qu'il manquait un bouton à sa veste de tailleur mal coupée.

Il en frémit presque. D'une élégance à la fois naturelle et raffinée, Andreo ne supportait pas qu'on néglige son apparence.

— Qui est cette femme ? demanda-t-il.

— Quelle femme ? reprirent en chœur ses interlocuteurs, perplexes.

Il pointa l'index sur la frêle silhouette.

— Oh, vous voulez dire… *Pippa !* s'exclama finalement l'un des cadres, comme s'il venait de découvrir que le personnel dirigeant de Venstar comptait effectivement une femme dans ses rangs. Pippa est notre directrice financière adjointe.

— On ne peut pas vraiment dire que ce soit une femme, renchérit un autre, mais plutôt que c'est une vraie machine à calculer. Elle est bardée de diplômes et passe le plus clair de son temps au bureau. En trois ans, elle n'a pas pris le moindre jour de congé…

— Ce n'est pas bon, coupa Andreo. Les employés stressés et fatigués s'avèrent statistiquement moins efficaces que les autres. Ils sont également plus enclins à commettre des erreurs. Je tiens donc à ce qu'elle prenne des vacances. J'aimerais aussi que le directeur des ressources humaines la prie de remédier à son style vestimentaire pour le moins négligé.

Autour de lui, les hommes restèrent bouche bée. Certains rentrèrent leur bedaine naissante tandis que d'autres lissaient discrètement les pans de leurs vestes, redoutant tous d'essuyer les reproches d'Andreo d'Alessio. Un silence pesant s'était abattu dans la pièce. Négligée ? Pippa était-elle vraiment négligée ? A dire vrai, aucun d'eux ne l'avait regardée assez longtemps pour avoir un avis sur la question. Qu'elle fût un prodige en sciences économiques et un bourreau de travail, voilà tout ce qui comptait pour eux.

Andreo continua à observer la photo, à l'affût du moindre signe de laisser-aller.

— Je ne veux pas voir de jean dans les bureaux. Il me semble important que tous les employés prennent soin de leur apparence, c'est une question de respect envers soi-même et envers les clients. Cet homme-là par exemple, continua-t-il en faisant glisser son doigt sur le cliché. Il aurait besoin d'une bonne coupe de cheveux et d'une nouvelle chemise.

Il conclut avec une pointe de contrariété dans la voix.

— On a tout à gagner d'une présentation soignée.

Presque tous les hommes présents dans la salle de réunion décidèrent de se mettre au régime sur-le-champ, de prendre rendez-vous chez le coiffeur et de s'offrir un nouveau costume.

— La direction des ressources humaines devra également se fixer de nouveaux objectifs dans les plus brefs délais, poursuivit Andreo. Je veux que Venstar rattrape au plus vite son retard en ce qui concerne la promotion des femmes à des postes clés de l'entreprise.

Du haut de son mètre quatre-vingt-cinq, Andreo d'Alessio suivait manifestement à la lettre les conseils qu'il prodiguait aux autres. Il était mince, athlétique et portait avec une élégance naturelle un costume Armani, bien évidemment taillé sur mesure. En plus de son apparence irréprochable, il dégageait une assurance et une autorité impressionnantes. Nul doute qu'il servait de modèle à tous les jeunes gens qui rêvaient de faire carrière dans le dur monde des affaires. Tous, sauf peut-être Ricky Brownlow.

Celui-ci dissimulait à grand-peine un sourire satisfait. En effet, Andreo d'Alessio venait de lui offrir sur un plateau l'occasion de promouvoir sa maîtresse à la place de Pippa, et ce sans éveiller le moindre soupçon de la part de ses collaborateurs…

Quand elle fut convoquée dans le bureau de Ricky Brownlow, son supérieur direct, et que ce dernier lui annonça qu'elle n'aurait pas la promotion qu'elle avait tant espérée, Pippa ne put retenir une exclamation dépitée.

— Vous voulez dire que Cheryl… qu'elle a été nommée au poste de directrice financière ?

Ricky acquiesça d'un signe de tête.

Cheryl Long ? La jolie brune sans cervelle qui lui servait actuellement d'assistante, allait bientôt devenir sa *patronne* ? Pippa n'en croyait pas ses oreilles. Cela faisait bientôt trois mois qu'elle occupait le poste de directrice financière adjointe et pendant tout ce temps, elle avait nourri de sérieux espoirs de promotion. C'était tout simplement incroyable… Elle n'était même pas au courant que Cheryl avait postulé pour cette place !

— Je préférais vous faire part de la nouvelle avant que la DRH ne vous l'annonce officiellement, ajouta Ricky d'un ton mielleux.

— Mais Cheryl n'a pas les diplômes requis. Et elle n'a que deux mois d'expérience dans le service, argua Pippa, sous le choc.

— Un peu de sang neuf, c'est toujours un plus pour l'entreprise, répliqua Ricky Brownlow en fronçant les sourcils d'un air réprobateur.

Pippa s'empourpra et sentit les larmes lui piquer les yeux. Sans un mot de plus, elle regagna son bureau.

Elle aurait parfaitement supporté de se voir damer le pion par quelqu'un de plus compétent qu'elle, là n'était pas la question. Mais Cheryl… Au fond, n'était-elle pas mauvaise perdante ? Cette pensée l'emplit de honte. A l'évidence, Cheryl Long possédait des qualités qu'elle n'avait pas été capable de discerner, voilà tout.

L'atmosphère animée qui régnait à l'étage la ramena brusquement à la réalité. Sous le coup de l'émotion, elle avait bien failli oublier la soirée qu'organisait le personnel de Venstar en l'honneur d'Andreo d'Alessio.

Elle étouffa un soupir. Elle n'avait jamais aimé les mondanités et détestait par-dessus tout les réceptions d'entreprise. Vu les circonstances, hélas, elle avait tout intérêt à faire acte de présence, fût-ce brièvement, si elle ne voulait pas qu'on la soupçonne de jalouser Cheryl.

Car c'était ainsi, elle n'y pouvait rien : dans quelques jours, Cheryl serait sa supérieure… Pippa ravala péniblement la boule qui lui nouait la gorge. Quelle erreur avait-elle bien pu commettre pour qu'on l'évince ainsi, sans autre forme de procès ? A Venstar, tout le monde pressentait qu'elle finirait tôt ou tard à la tête du service financier. Que s'était-il passé ? Si elle avait effectivement commis une erreur, pourquoi ne l'avait-on pas mise en garde sur le coup ?

Mais à quoi bon toutes ces questions qui ne faisaient qu'attiser sa déception et son incompréhension ? Cheryl serait bientôt sa chef, voilà, c'était un fait. Cheryl, à qui elle avait récemment reproché de prendre des pauses trop longues à l'heure du déjeuner, ce qui l'obligeait ensuite à bâcler son travail. Cheryl, qui passait la moitié de la journée à bavarder avec ses collègues et l'autre moitié à flirter avec le premier homme qui lui tombait sous la main. Cheryl, qui était en congé ce jour-là, comme par hasard...

Plus elle y pensait, plus elle avait du mal à y croire. Et elle avait encore plus de mal à encaisser la nouvelle. Depuis la maternelle jusqu'à l'université, Pippa avait toujours brillé par ses résultats exceptionnels. La simple idée d'essuyer un échec l'emplissait d'effroi. Et pourtant, il fallait bien se rendre à l'évidence : quelque part, d'une manière ou d'une autre, elle avait déçu les espoirs qu'on avait placés en elle au sein de l'entreprise.

— Quel dommage qu'il déteste à ce point les mondanités, j'aurais bien voulu voir une photo de lui avant de le découvrir en chair et en os, se lamenta Jonelle, chef de projet adjointe, avec une petite voix mielleuse qui irrita Pippa au plus haut point. Enfin, on verra bien ce soir s'il est à la hauteur de l'incroyable réputation qui le précède.

Jonelle gloussa.

— Il paraît qu'il a offert une paire de menottes incrustées de diamants à sa dernière conquête...

Inutile de leur demander de qui elle parlait. Les exploits d'Andreo d'Alessio, tour à tour play-boy cosmopolite et génie des affaires, faisaient l'objet de spéculations infinies alors même qu'il déployait des trésors d'ingéniosité pour éviter les flashes des photographes.

Une moue écœurée s'afficha sur les lèvres de Pippa. Des menottes... Elle plaignait celui qui aurait le toupet de lui faire ce genre de cadeau... Le pauvre se verrait propulsé dans les airs sans parachute ! Enfin, ce jour-là n'était pas prêt d'arriver. Et, à la vérité, elle se réjouissait plutôt de ne pas attirer ce style d'attention plutôt perverse. Elle ne comprenait pas que des femmes puissent fantasmer sur de tels accessoires. Ne voyaient-elles pas qu'ils étaient destinés à les avilir, pour le bon plaisir d'hommes imbus de leur petite personne ? Non, franchement, toutes ces histoires la dépassaient.

— Il est sûrement beau comme un dieu, susurra Jonelle d'un air rêveur. Et sexy en diable...

— Moi, je parie qu'il est petit et gros, intervint Pippa avec ironie. Et c'est précisément la raison pour laquelle Andreo d'Alessio fuit les photographes : il préfère passer pour un mystérieux bellâtre, ça flatte son ego.

— Le pauvre en a peut-être plus qu'assez de se faire pourchasser pour son argent, objecta Jonelle.

— C'est sûr, aucune femme ne poserait les yeux sur lui s'il n'était pas riche à millions, rétorqua Pippa.

En milieu de matinée, le directeur des ressources humaines la fit appeler dans son bureau. Quand ce dernier lui confirma qu'elle n'aurait pas le poste qu'elle convoitait depuis quelques mois, elle ne put s'empêcher d'éprouver un zeste de reconnaissance pour Ricky Brownlow. Préparée au choc, elle parvint à ne pas perdre la face. Elle eut même le courage de demander ce qu'on lui reprochait au juste. Son interlocuteur s'empressa de la rassurer : on ne lui reprochait rien du tout, son travail était absolument impeccable.

— Et c'est tout à votre honneur, compte tenu des récents événements, conclut-il d'un ton plein de sollicitude.

L'allusion à son père disparu au printemps la fit pâlir.

— Mon travail m'a beaucoup aidée à surmonter cette épreuve, confessa-t-elle. Grâce à lui, je n'ai pas eu le temps de broyer du noir.

— Savez-vous que cela fait plusieurs années que vous ne prenez pas vos congés payés ?

Elle fronça les sourcils puis haussa les épaules.

— Oui.

— On m'a prié de veiller à ce que vous preniez au moins trois semaines de vacances à la fin du mois.

— Trois semaines de vacances ? répéta Pippa, incrédule.

— Oui. J'ai même l'autorisation de vous proposer un congé sabbatique de six ou douze mois, à votre guise.

— Un... un congé sabbatique ! C'est une blague ? balbutia la jeune femme, de plus en plus perplexe.

Indifférent à son manque d'enthousiasme manifeste, son interlocuteur lui exposa avec entrain tous les avantages d'une telle opportunité. Il souligna qu'elle était directement entrée à l'université après le lycée puis avait été embauchée par Venstar quelques jours après avoir décroché son diplôme.

— Vous arrivez la première au bureau et vous êtes la dernière à en partir, conclut-il.

— Mais j'aime mon travail !

— Là n'est pas la question. Ecoutez, je suis sûr que ces trois semaines de vacances vous feront le plus grand bien et je ne serais pas étonné que vous décidiez de prolonger ce moment de détente en acceptant le congé sabbatique que l'on vous propose. Plus de stress, plus d'énervement... Songez un peu à la sérénité que vous aurez retrouvée lorsque vous reviendrez travailler.

Plus de stress ? Le sang de Pippa ne fit qu'un tour : était-ce ce qu'on lui reprochait implicitement ? Etait-ce pour cette raison que le poste lui avait été refusé ? Ses collègues la jugeaient-ils stressée ? Irritable ? Ou alors manquait-elle d'autorité pour gérer une équipe ? Il devait bien y avoir une raison à son échec… Forcément ! Et à présent, voilà qu'on l'envoyait en vacances sans lui demander son avis. Pourquoi maintenant, précisément ? Craignait-on qu'elle ait du mal à s'adapter à sa nouvelle supérieure ?

En proie à une multitude de doutes et d'incertitudes sur ses capacités professionnelles, Pippa ne prit même pas le temps d'aller déjeuner. Il était à peu près 15 heures lorsque, levant les yeux de ses dossiers, elle se rendit compte que les autres bureaux étaient déserts. Fronçant les sourcils, elle aperçut Ricky Brownlow sur le seuil de son bureau.

— Où sont les autres ? demanda-t-elle, intriguée.

— Ils sont partis plus tôt pour avoir le temps de se préparer pour la soirée. Vous devriez en faire autant, d'ailleurs.

En général, Pippa n'abandonnait jamais un dossier en cours. Mais ne lui avait-on pas signifié à demi-mots, quelques heures plus tôt, qu'elle n'était pas indispensable au bon fonctionnement de la boîte ? La mort dans l'âme, elle se leva et ramassa son sac à main.

Ce ne fut qu'en sortant de l'ascenseur, au rez-de-chaussée de l'immeuble, qu'elle vit qu'il pleuvait dehors. Dans sa précipitation, elle avait oublié de prendre son manteau.

Trop pressée pour attendre l'ascenseur, elle remonta par l'escalier. Le silence régnait à l'étage du service financier. Elle approchait de la pièce qui servait de vestiaire lorsqu'elle entendit la voix de Ricky Brownlow venant de son bureau.

— Quand nous lui avons rendu visite à Naples, Andreo d'Alessio n'a pas caché son faible pour les femmes sexy et désirables, disait-il d'un ton contrit. Vous auriez dû voir son air horrifié quand il a posé les yeux sur la photo de notre Pippa Passe-Partout, dans le bulletin de l'entreprise. Il était très clair que pour lui, elle n'avait pas sa place au sein de la direction. C'est pour cette raison que j'ai décidé d'appuyer la candidature de Cheryl. Elle est moins qualifiée pour le poste, je vous l'accorde, mais elle est nettement plus présentable.

Pippa s'était arrêtée net, comme frappée par la foudre. *Pippa passe-partout ?*

— Pippa Stevenson est une employée exemplaire, objecta froidement une voix qui appartenait à l'un des plus anciens directeurs de Venstar.

— Elle est excellente en coulisse mais avouez tout de même qu'elle n'a rien d'une femme fatale. On la remarque à peine, elle est presque invisible, rétorqua perfidement Ricky Brownlow. Non, très franchement, je ne pense pas que ce soit une bonne chose d'ignorer les goûts d'Andreo d'Alessio en lui présentant Pippa Passe-Partout le jour même de son arrivée !

Bouleversée par les propos de Ricky, et redoutant que les deux hommes ne la surprennent dans le couloir, Pippa rebroussa rapidement chemin.

Elle savait désormais pourquoi Cheryl avait été nommée à sa place à la tête du service financier. *Pippa passe-partout ?* Une sensation de nausée la submergea. Ricky Brownlow s'était montré on ne peut plus clair : contrairement à elle, Cheryl, une ravissante brune aux courbes voluptueuses, rencontrait un franc succès auprès de ses collègues masculins. Et son physique séduisant avait prévalu sur ses compétences…

Blessée dans son orgueil, Pippa déglutit avec peine et cligna plusieurs fois des yeux pour refouler les larmes qui piquaient ses paupières. Ce n'était pas juste ! Elle était faite pour ce poste, elle avait travaillé d'arrache-pied pour obtenir cette promotion. C'était de la discrimination pure et simple de juger quelqu'un sur son physique et elle pourrait facilement invoquer ce motif pour intenter un procès à l'entreprise. L'espace d'un instant, elle s'imagina à la barre d'un tribunal, forcée de rapporter les propos méprisants de Ricky. Elle esquissa une grimace. Non, il était hors de question qu'elle rende publique l'humiliation cuisante qu'elle venait de subir, hors de question qu'elle attire la pitié mal intentionnée de ses collègues.

« Elle n'a rien d'une femme fatale… Etait-ce la réalité ? » se demanda Pippa. Pourtant, Ricky serait tombé des nues s'il avait appris qu'à l'âge de quinze ans, une agence de mannequins lui avait proposé un contrat plus qu'intéressant. Evidemment, son père s'était aussitôt insurgé contre ce qu'il considérait comme un métier peu gratifiant. Mais combien de fois, au cours des huit dernières années, Pippa avait-elle repensé avec bonheur à cette journée de rébellion contre les ordres stricts de son père ?

Dans un élan d'audace, elle s'était rendue en secret à l'agence de mannequins où, livrée aux mains expertes d'un bataillon de coiffeurs et de maquilleurs, elle avait assisté, émerveillée, à la stupéfiante métamorphose d'une grande jeune fille mal dans sa peau en une superbe créature tout en jambes. Le rêve avait pris fin brusquement, hélas : le photographe aux mains baladeuses s'était montré un peu trop entreprenant et la pauvre Pippa avait pris ses jambes à son cou. Ainsi, son père avait eu raison de la mettre en garde contre les dangereux écueils du mannequinat. Ce secteur regorgeait de vieux requins avides de chair fraîche…

Un pâle sourire étira les lèvres de la jeune femme. Et si ce soir elle faisait revivre la créature de rêve qu'elle avait été l'espace de quelques heures ? Juste pour donner une bonne leçon à Ricky Brownlow et à ce misogyne d'Andreo d'Alessio. Comment pouvait-on être assez bête pour privilégier la beauté physique au détriment de l'intelligence, a fortiori dans un contexte professionnel ?

Plantée sur le trottoir, trempée jusqu'aux os, Pippa fouilla dans son sac et en sortit son portable. Elle composa le numéro de son amie Hilary, qui était coiffeuse. Lorsque Pippa demanda à celle-ci si elle pouvait la recevoir sans rendez-vous, la jeune femme ne cacha pas son étonnement.

— Te déciderais-tu enfin à être un peu futile ? lança Hilary d'un ton taquin. C'est Noël ou quoi ?

— En quelque sorte, oui... En fait, je sors ce soir et c'est important pour moi.

— Tu n'as qu'à passer maintenant, proposa Hilary sans l'ombre d'une hésitation. Je suis presque vexée que tu aies jugé nécessaire de m'appeler d'abord. On est amies, non ? Et puis, ce n'est pas si souvent que tu daignes t'occuper de tes cheveux. Ça doit faire un an que tu n'as pas mis les pieds dans le salon, je me trompe ?

Pippa prit le métro en direction de Hounslow, à l'ouest de Londres. Pressée contre les autres passagers entassés dans la rame, elle laissa vagabonder ses pensées. C'était triste à admettre mais elle était presque soulagée que son père ne fût plus de ce monde... Il aurait été tellement déçu, tellement contrarié qu'elle n'ait pas réussi à décrocher ce poste de directrice. Avait-elle une fois dans sa vie répondu aux attentes de ses parents ? Son père avait-il eu l'occasion d'être fier d'elle ? Une bouffée de culpabilité l'envahit en même temps que d'autres souvenirs la rattrapaient, infiniment douloureux.

Elle se rappela le funeste été, six ans plus tôt, qui avait irrémédiablement brisé leur famille. Elle avait tout juste dix-sept ans lorsque ses parents avaient décidé de se joindre, comme tous les ans, à trois couples d'amis pour passer des vacances dans le sud-ouest de la France. Hilary Ross et sa famille faisait partie du petit groupe qui partait chaque année en Dordogne. Qui aurait pu soupçonner que cet été-là, leurs vacances tourneraient au cauchemar ?

A peine étaient-ils arrivés en Dordogne que la meilleure amie de Pippa, Tabby, s'était amourachée d'un Français qui vivait dans le voisinage, Christian Laroche. Sa liaison aussi passionnée que secrète l'avait tellement accaparée qu'elle n'avait plus accordé la moindre attention à son amie pendant toute la durée du séjour.

Ces vacances mal commencées s'étaient terminées par le terrible accident de voiture qui avait coûté la vie à la mère de Pippa et cloué son père dans un fauteuil roulant pour le restant de ses jours... En état d'ébriété avancée, Gerry Burnside, le père de Tabby, avait pris le volant de sa voiture et brisé la vie de tous ses amis.

Très proche de sa mère qui tempérait de bonne grâce le caractère dur et exigeant de son père, Pippa s'était effondrée en apprenant le décès de celle-ci. Professeur de sciences et sportif assidu, son père n'avait jamais accepté son handicap et son caractère s'était encore durci après l'accident.

Plus jeune, Martin Stevenson avait caressé le rêve de devenir médecin. Hélas, il avait échoué de peu aux examens finaux. En devenant père, il avait reporté toutes ses ambitions frustrées sur sa fille Pippa. Dès sa plus tendre enfance, cette dernière avait dû donner le meilleur d'elle-même pour satisfaire les espoirs qu'il avait placés en elle. Bouleversée par cet accident de voiture fatal qui avait également coûté la vie au père de Tabby, aux parents d'Hilary et à la mère de Jen, Pippa avait fini par avouer à son père qu'elle n'aurait plus le courage de se lancer dans une carrière médicale.

La jeune fille avait supporté tant bien que mal l'amère déception de son père qui lui avait fait payer cher ce qu'il considérait comme une trahison. Durant presque six ans, elle s'était occupée de lui avec amour et dévouement. Malgré ses résultats brillants à l'université, malgré la maîtrise avec mention qu'elle avait décroché en sciences économiques, toute l'attention, tous les soins qu'elle lui avait prodigués, ce dernier ne lui avait jamais pardonné de ne pas avoir réalisé ses propres rêves.

Tenaillée par la culpabilité, Pippa s'était souvent reproché de ne pas avoir eu la force de caractère nécessaire pour entreprendre des études de médecine. Elle n'avait pas su rendre son père heureux, c'était sa faute...

Malgré l'amour qu'elle portait à la France, le pays d'origine de sa mère, elle n'y avait plus remis les pieds depuis ce triste été. Elle avait même inventé une excuse pour éviter de se rendre au mariage de son amie Tabby. Heureusement, celle-ci venait régulièrement à Londres en compagnie de Christian, qui était devenu son mari, et les deux jeunes femmes se voyaient à chacune de ses visites. Tout de même, n'était-il pas grand temps qu'elle fasse le deuil de sa mère et rende enfin visite au jeune couple à Duvernay, le magnifique château que possédait la famille Laroche en Bretagne ? Combien de fois son amie l'y avait-elle invitée ? Ne devrait-elle pas passer une partie des vacances qu'on l'obligeait à prendre, en France, chez Tabby ?

— Oh non, j'ai complètement oublié que c'était le jour où tu fermais à midi ! s'exclama Pippa lorsque Hilary, après avoir ouvert la porte de son petit appartement, l'entraîna dans le couloir qui donnait sur le salon, plongé dans un silence peu habituel. Pourquoi ne m'as-tu rien dit, enfin ?

Petite et menue, Hilary était une jolie bonde aux yeux gris clair. Elle n'avait qu'un an de moins que Pippa mais on lui donnait à peine dix-huit ans. Un sourire espiègle éclaira son ravissant visage de poupée.

— Tu rigoles ou quoi ? C'est le grand soir, Pippa, et autant te prévenir tout de suite : je brûle d'envie de connaître l'identité de l'heureux élu !

Pippa se raidit.

— Il n'y a pas d'heureux élu. La boîte donne une grande soirée en l'honneur du nouveau P.-D.G.

— Mais tu étais tout excitée au téléphone…

— Je dirais plutôt contrariée, rectifia Pippa. Je me suis complètement plantée au boulot. Je me suis ridiculisée.

— Pourquoi ? Qu'est-ce que tu veux dire ?

— Je n'ai pas eu la promotion que j'espérais, expliqua Pippa d'une voix sourde avant de raconter sa déconvenue à son amie.

Dans la petite pièce réservée au personnel du salon, Hilary l'écouta sans mot dire en s'efforçant de rester impassible. Puis, elle servit à Pippa un verre de brandy qu'une cliente lui avait offert à Noël.

— Tu sais bien que je ne bois pas d'alcool, protesta la jeune femme en repoussant le verre.

— Tu es pâle comme un linge, tu as besoin d'un petit remontant, insista Hilary.

Elle fit signe à Pippa de la suivre vers les fauteuils qui s'alignaient sous les lavabos.

— Alors comme ça, tu as décidé de tous les bluffer ce soir, enchaîna-t-elle, sans doute dans l'espoir de détendre un peu l'atmosphère.

— Tu parles !

Plissant le nez, Pippa porta le verre à ses lèvres et but une grande gorgée. L'alcool coula comme un sillon de feu le long de sa gorge jusque dans son ventre vide. Comme la gentillesse de son amie, il lui procura sur-le-champ une sensation de réconfort bien agréable.

Une fois encore, elle se félicita d'avoir ignoré les sarcasmes de son père et d'avoir voulu coûte que coûte assister à la réunion des anciens élèves de son lycée, quelques mois plus tôt. Car elle avait eu la joie d'y retrouver Hilary, qui habitait aussi à Londres. Après le tragique accident de voiture, six ans plus tôt, leurs chemins s'étaient éloignés : Tabby et Pippa avaient perdu de vue Hilary et Jen Tarbert, l'autre jeune fille de leur quatuor d'adolescentes.

— Ils vont tous tomber à tes pieds, affirma Hilary d'un ton déterminé.

En entendant son amie essayer de la réconforter, Pippa s'efforça de chasser les pensées négatives qu'elle nourrissait à l'égard de son père disparu. Elle n'y pouvait rien, c'était hélas la triste réalité : enfant, elle avait beaucoup souffert à cause de ce père autoritaire, presque tyrannique qui, par ses paroles blessantes et son attitude souvent dédaigneuse, avait réduit à néant l'estime de soi de sa fille.

Pendant qu'Hilary lui lavait les cheveux, elle lui demanda des nouvelles de sa jeune sœur Emma.

— Dis-moi, que devient-elle ?

Son amie lui raconta avec entrain les derniers exploits de sa sœur encore adolescente, qu'elle adorait.

— Tu me donnes l'autorisation de te maquiller, j'espère ? demanda-t-elle après avoir terminé son récit.

— Eh bien... Peut-être... Si ça ne te dérange pas...

— Arrête tes bêtises ! J'adore maquiller les autres, tu le sais bien !

— Alors c'est d'accord. Enfin, tu n'auras qu'à faire de ton mieux.

— Avec ton visage d'ange, Pippa, ce ne sera pas trop difficile, crois-moi.

Comme Pippa se raidissait de nouveau sous les compliments, Hilary lui servit un autre verre de brandy en l'invitant à se détendre. Puis, ignorant les protestations de son amie, elle l'entraîna à sa suite au premier étage de son petit appartement encombré.

— Il va falloir que je file chez moi pour me changer, fit observer Pippa.

— Tu n'auras pas le temps. Tu vas déjà être suffisamment en retard comme ça, non ?

Hilary se dirigea vers la chambre de sa sœur. Là, elle ouvrit la penderie pleine à craquer et s'empara d'une robe à bretelles coupée dans un satin de soie bleu turquoise aux reflets chatoyants.

— Je ne peux tout de même pas emprunter les vêtements de ta sœur ! protesta Pippa.

— Emma a décrété que cette robe la vieillissait trop et tu sais comment sont les ados d'aujourd'hui... Tellement butés ! Elle ne la portera plus jamais, c'est clair.

— Je ne serais pas à l'aise dans ce genre de robe.

— Allez, Pippa, laisse-toi faire, je t'en prie, insista Hilary. Tu es jeune et belle, tu as une silhouette de rêve… Tu peux tout te permettre enfin ! En plus, cette robe n'a absolument rien d'indécent. Puis-je savoir ce que tu lui reproches, au juste ?

Aux yeux de Pippa, n'importe quelle tenue qui dévoilait ses épaules, ses bras frêles et les courbes de sa poitrine menue, était indécente… D'un autre côté, Hilary s'était montrée si gentille, si réconfortante, qu'elle répugnait à refuser son offre généreuse.

Toutes deux avaient la même pointure mais là encore, leurs goûts en matière de chaussures divergeaient considérablement. Hilary affectionnait les talons aiguilles, tandis que, du haut de son mètre soixante-dix-huit, Pippa préférait les chaussures plates. C'est pourtant une paire de sandales en cuir doré, dotées de talons vertigineux, qui vint bientôt rejoindre la robe turquoise posée sur le lit. Puis Hilary escorta son amie jusqu'à la salle de bains pour qu'elle prenne une douche avant sa métamorphose.

Deux heures plus tard, après avoir insisté pour que Pippa troque ses lunettes contre les lentilles de contact qu'elle gardait dans son sac mais qu'elle utilisait rarement, Hilary conduisit son amie devant le miroir en pied.

— Tu es superbe, absolument magnifique et si tu n'es pas de cet avis, je te préviens tout de suite, je vais me fâcher !

Muette de stupeur, Pippa contemplait son reflet.

— On dirait que ce n'est pas moi…

— Sans vouloir te vexer, rétorqua Hilary, c'est sans doute parce que le « moi » en question se fiche pas mal de ses cheveux, ne prend jamais le temps de se maquiller et n'accorde pas la moindre importance à ses vêtements !

Pippa dit d'un ton bourru :

— Merci. Au moins, je n'ai plus l'air d'une pauvre fille qui loupe tout ce qu'elle entreprend. Et tu ne peux pas savoir à quel point c'est important pour moi.

*
* *

Andreo d'Alessio s'ennuyait à mourir. Pour couronner le tout, il était d'une humeur massacrante.

Il n'avait rien demandé, lui, il n'avait aucune envie d'assister à ce genre de soirée. *Primo*, il détestait les surprises et *secundo*, il ne pensait pas que ces petites fêtes avaient leur place dans la sphère des affaires. Il n'appréciait pas non plus les longs discours et encore moins les flatteries d'employés surexcités — surtout quand il était évident que la grande majorité d'entre eux avait abusé de la boisson avant de venir.

Prétendant avoir un coup de téléphone urgent à passer, il quitta la salle de conférence et traversa la réception de l'hôtel. A cet instant, il aperçut la ravissante jeune femme rousse. Ravissante ? Sublime, oui. Belle à damner un saint. Il s'arrêta net, sous le charme.

De longs cheveux brillant comme la soie, d'une teinte chaude et sensuelle qui rappelait celle de la cannelle, cascadaient en vagues souples sur ses épaules, encadrant l'ovale parfait de son visage diaphane. Ses yeux étaient d'un bleu vif comme un ciel d'été, ses lèvres pleines, rose corail, à la fois douces et tentatrices, invitaient au baiser. Elle était très grande — à peu près un mètre quatre-vingts, estima-t-il — et suffisamment sûre d'elle pour porter des hauts talons.

Avec sa stature imposante et sa carrure d'athlète, Andreo s'était toujours senti mal à l'aise au bras des femmes petites, trop fluettes et menues à son goût. Nul doute que cette rousse flamboyante avec ses épaules lisses et nacrées, ses courbes féminines et ses jambes sublimes, interminables, épouserait à la perfection sa propre anatomie…

Son désir s'éveilla aussitôt tandis que des images érotiques se superposaient à celle de la splendide créature qu'il contemplait. « Cette femme serait sa prochaine maîtresse », décida-t-il.

Pippa balaya du regard la salle de conférence, prise d'assaut par le personnel de Venstar. La reconnaîtrait-on seulement ? Elle avait subi une telle métamorphose entre les mains expertes de Hilary ! Les boucles de ses cheveux qu'elle détestait tant avaient été soigneusement lissées à l'aide d'une brosse chauffante, les lentilles de contact avaient avantageusement remplacé les lunettes qui lui mangeaient d'ordinaire le visage, et son tailleur-pantalon mal coupé avait cédé la place à une tenue d'un raffinement tout féminin. Elle avait pris conscience de tout ça dès son arrivée dans le hall de l'hôtel, lorsque de nombreux regards masculins s'étaient attardés sur elle.

Seul hic : elle se sentait horriblement mal à l'aise dans cette robe qui épousait trop étroitement à son goût les courbes de sa silhouette. Elle n'était pas habituée à ce que les hommes se retournent sur son passage et, dépourvue de l'uniforme neutre et froid qui la protégeait d'ordinaire, elle se sentait incroyablement vulnérable. Au prix d'un grand effort, elle releva le menton. Il était grand temps qu'elle assume son image.

Elle s'apprêtait à entrer dans la salle de conférences lorsque le silence se fit. Un homme se dirigea vers l'estrade d'un pas décidé et Pippa préféra rester à l'entrée jusqu'à ce qu'il ait terminé son discours. En le regardant s'approcher du pupitre, elle ne put s'empêcher de rire tout haut. Jonelle et toutes les employées de Venstar qui fantasmaient sur le nouveau P.-D.G. italien risquaient d'être terriblement déçues !

— Puis-je rire avec vous ? demanda une voix chaude derrière elle.

Pippa se raidit. Elle n'avait pas entendu cet homme s'approcher d'elle. Prise au dépourvu, elle répondit sans oser se tourner vers lui.

— J'étais simplement en train de songer qu'Andreo d'Alessio risquait de décevoir beaucoup de monde.

— Et pourquoi ça ?

Quelque chose dans son intonation rauque, légèrement traînante, fit frissonner Pippa. Elle se serait sans doute tue si elle ne s'était pas sentie d'humeur belliqueuse — une première chez elle.

— Je devrais peut-être préciser que ce sont surtout les femmes qui vont tomber des nues. Le pauvre n'a absolument aucun charme, expliqua-t-elle avec une pointe de satisfaction dans la voix.

— Vous trouvez ?

A quoi jouait cette femme ? Elle le narguait sans vergogne en feignant de ne pas savoir qui il était, songea Andreo avec étonnement. La soirée Venstar avait débuté une heure plus tôt et il avait été le centre de toutes les attentions : personne dans cette salle ne pouvait ignorer son identité. Décidément, cette ravissante rousse était étonnante à bien des égards !

— Il est tout petit, regardez-moi ça, reprit Pippa. On dirait un nain de jardin. Il ne lui manque qu'un costume en feutre vert et une maison champignon pour parfaire le tableau !

Suivant son regard, Andreo réprima de justesse un éclat de rire. Elle parlait de Salvatore Rissone qui discourait avec verve en cet instant précis… C'était à cet homme qu'Andreo voulait confier le poste de directeur général dès que la restructuration de l'entreprise serait terminée.

— La taille ne fait pas tout, observa-t-il.

— Peut-être… Mais il me semble un peu trop gourmand aussi, répliqua Pippa d'un ton perfide qui ne lui ressemblait guère. En plus, il perd ses cheveux. Rien d'étonnant à ce qu'il fuie les photographes comme la peste. Il n'a franchement rien du séducteur italien qu'on se plaît à l'imaginer, vous ne trouvez pas ?

— Il n'est pas nécessaire de ressembler à un acteur de cinéma pour exceller dans le monde des affaires, rétorqua Andreo, agacé par ces attaques injustes contre Salvatore. C'est un homme droit et bon…

— Faux, coupa Pippa avec véhémence. Andreo d'Alessio est

riche à millions et les gens le craignent et le respectent uniquement pour ça et parce que…

Emportée par le ressentiment qu'elle nourrissait à l'égard du nouveau P.-D.G. de Venstar, Pippa se tourna enfin vers son interlocuteur… et oublia aussitôt ce qu'elle avait eu l'intention de dire.

C'était rare qu'elle soit obligée de lever les yeux pour regarder un homme… Et de plus, cet homme-là était d'une beauté à couper le souffle ! Sa peau mate mettait en valeur les traits volontaires de son visage, ses pommettes saillantes et sa mâchoire carrée, incroyablement virile. Il avait une grande bouche aux lèvres fermes et d'épais sourcils noirs, noirs comme ses cheveux coupés court qui brillaient sous la lumière des lustres. Mais ce furent ses yeux d'encre, vifs et perçants, ourlés de cils sombres et fournis, qui la troublèrent le plus.

— Parce que… ? insista-t-il.

Andreo plongea le regard dans celui de la jeune femme. A son grand désarroi, sa légère irritation fondit comme neige au soleil face à ces yeux si clairs qu'on les eût dit transparents. Elle continuait à le toiser sans mot dire. Avec un mélange de satisfaction et d'amusement, il nota qu'elle semblait troublée.

Ainsi, elle ignorait vraiment qui il était. Elle croyait sincèrement que Salvatore Rissone était Andreo d'Alessio, le nouveau P.-D.G. de Venstar ! Totalement inédite, l'expérience promettait d'être riche d'enseignements… Il décida de ne pas la détromper. Au contraire, il avait envie de jouer le jeu encore un peu, juste pour voir jusqu'où cela les mènerait. Au moins, cela le changerait des flatteries et des compliments mielleux qu'on lui servait depuis le début de la soirée.

— Parce que…, répéta Pippa, incapable de mettre de l'ordre dans ses pensées tant la proximité de cet homme la perturbait.

— Vous disiez que les gens craignent et respectent Andreo

d'Alessio uniquement parce qu'il est riche à millions et *parce que…*

— Oh ! ils sont tous morts de peur parce qu'il a de l'argent, c'est tout, compléta Pippa d'une voix mal assurée.

— Qu'avez-vous contre lui ?

— Vous êtes italien, n'est-ce pas ?

Un peu tardivement, Pippa avait noté l'intonation traînante, si charmante, de son interlocuteur. Charmante ? Le timbre légèrement enroué de sa voix basse était incroyablement sexy, oui ! Interloquée par le tour surprenant que prenaient ses pensées, elle baissa les yeux. Sans qu'elle puisse rien faire pour l'empêcher, ses tétons se durcirent sous la fine étoffe de sa robe, tandis qu'elle s'empourprait. Pour l'amour du ciel, que lui arrivait-il ?

— C'est exact, répondit-il enfin.

Andreo ne se lassait pas de la contempler. Le rosissement soudain des pommettes de la jeune femme le fascina et le ravit tout à la fois. Pouvait-on rêver de spectacle plus enchanteur que ce joli visage au teint nacré, rosi par l'émotion, auréolé de cheveux auburn, lisses et soyeux, dans lequel brillaient des yeux d'un magnifique bleu turquoise ? Cela faisait une éternité qu'une femme n'avait pas rougi devant lui…

— Vous travaillez pour Venstar ? demanda-t-il.

Pippa acquiesça d'un signe de tête avant d'ajouter d'un ton hésitant :

— Vous parlez d'Andreo d'Alessio comme si vous le connaissiez personnellement.

Ainsi, il était italien, songea-t-elle, en proie à un malaise grandissant. Il travaillait forcément pour d'Alessio et, s'il faisait partie du premier groupe d'employés intégrés à Venstar, il occupait forcément un poste à responsabilité. Elle passa nerveusement le bout de sa langue sur ses lèvres.

Les pensées d'Andreo s'emballèrent aussitôt. Il imagina le bout de cette langue en train de tracer un chemin infiniment érotique sur sa peau nue, frissonnante. Incapable de maîtriser la force de son désir, il se rappela l'adolescent fougueux qu'il avait été, à l'époque où garder son sang-froid en présence d'une jolie fille relevait de l'exploit.

— Disons que je suis simplement curieux de savoir ce que vous avez contre un homme que vous n'avez jamais rencontré, répondit-il d'une voix suave.

Pippa rejeta la tête en arrière. Ses longues mèches glissèrent le long de ses épaules satinées. L'alcool qu'elle avait bu chez son amie annihilait sa réserve naturelle, et elle se sentait habitée par une audace inaccoutumée.

— Qu'est-ce qui vous fait dire que je ne l'ai jamais rencontré ?

Andreo arqua un sourcil noir.

— Oh… parce que je me trompe ?

— Non, vous avez raison, avoua-t-elle. Ceci dit, je n'ai pas besoin de le connaître personnellement pour savoir que cet homme n'est qu'un sale macho qui traite les femmes de manière sexiste au sein de son entreprise. Et ce dans le simple but de renforcer son pouvoir !

2.

Andreo fronça les sourcils, décontenancé par le jugement sévère que portait sur lui la jeune femme. Il dut se contenir pour ne pas la remettre à sa place.

— *Dio mio...* C'est une accusation grave que vous portez là... *A fortiori* contre un homme que vous ne connaissez même pas.

Pippa baissa les yeux, assaillie par une soudaine vague de culpabilité.

— Si vous voulez bien m'excuser, murmura-t-elle, soudain pressée d'échapper au regard pénétrant de son interlocuteur.

Il lui barra le passage.

— Ne vous enfuyez pas comme ça.

Que lui arrivait-il, à la fin ? se demanda Pippa, mortifiée par son propre comportement. Fallait-il qu'elle ait perdu la tête pour critiquer vertement son nouveau patron à une soirée d'entreprise ? C'était la faute du brandy qu'elle avait bu chez son amie. Nul doute que l'alcool lui était monté à la tête... Certes, elle était extrêmement déçue de ne pas avoir obtenu la promotion qu'elle espérait — déçue et un brin amère, à quoi bon le nier ? — mais puisqu'elle n'avait pas l'intention de se plaindre officiellement, elle avait tout intérêt à se taire : son avenir au sein de Venstar en dépendait.

— Ecoutez, je...

— Je ne sais même pas comment vous vous appelez, coupa-t-il.

Après ce qu'elle venait de dire, il serait tout bonnement suicidaire de lui révéler sa véritable identité, songea Pippa. Qu'allait-elle répondre ? « Pippa passe-partout » ? Tout à coup, elle pensa au petit surnom affectueux que lui donnait sa mère quand elle était enfant.

— Je m'appelle Philly, répondit-elle.

— Philly, répéta-t-il d'une voix caressante, comme s'il savourait chaque syllabe. C'est un joli prénom. Laissez-moi vous offrir un verre, Philly. J'en profiterai pour vous persuader que le nouveau propriétaire de Venstar est un vrai saint, même en dehors du travail.

— Est-il à ce point sûr de lui ?

— Pourquoi, vous n'aimez pas les hommes sûrs d'eux ? répliqua-t-il en fronçant les sourcils.

— Quand l'assurance est synonyme d'arrogance, non, je n'aime pas les hommes sûrs d'eux.

— Andreo n'est pas arrogant. Il sait ce qu'il vaut et c'est une qualité importante quand on veut avancer dans la vie, expliqua-t-il en posant une main légère dans le creux des reins de la jeune femme pour l'entraîner vers le bar de l'hôtel. Ceci dit, j'aimerais beaucoup savoir pourquoi vous l'accusez de sexisme. Parce que franchement…

Désireuse d'éviter cet épineux sujet, Pippa l'interrompit.

— Vous non plus, vous ne m'avez pas dit comment vous vous appeliez.

Il la gratifia d'un sourire étincelant qui fit battre son cœur à coups redoublés. Puis, cherchant son regard, il déclara d'un ton amusé :

— Andreo, j'en ai peur.

— Oh… ça doit être un… un prénom courant en Italie, n'est-ce pas ?

— Très courant, en effet. Il y a énormément d'Andreo là-bas, murmura-t-il en la fixant entre ses longs cils noirs.

Un curieux mélange de sentiments habitait Pippa : elle se sentait à la fois fascinée, grisée et légèrement angoissée. Elle n'entendit même pas son compagnon passer la commande et, lorsqu'un serveur posa devant elle un cocktail servi dans un joli verre en cristal, elle l'accepta sans protester. Le breuvage sucré, légèrement pétillant, rafraîchit agréablement sa gorge nouée.

— Etes-vous marié ? s'entendit-elle demander d'un ton très désinvolte.

A entendre ses collègues, c'était « la » question qu'il fallait poser sans tarder lorsqu'on faisait la connaissance d'un homme. Andreo rit de bon cœur.

— C'est très direct, vraiment… Bien sûr que non, je ne suis pas marié. Je vous en prie, dites-moi pourquoi vous avez une si mauvaise opinion d'Andreo d'Alessio.

— Je ne veux plus parler de ça.

— Moi si, insista-t-il en l'enveloppant d'un regard intense.

— Eh bien moi, non…

Pippa avait parlé d'une voix à peine audible, prise au piège de ces yeux noirs qui la fixaient sans ciller.

— Tant pis. Je finirai bien par éclaircir ce mystère, conclut-il avec l'assurance de ceux à qui rien ni personne ne résiste.

Il enchaîna sans transition.

— Avez-vous pour habitude de tirer profit de votre beauté ?

Pippa manqua s'étrangler avec la gorgée qu'elle venait de boire.

— Pardon ? balbutia-t-elle en posant sur lui un regard incrédule.

Il flirtait avec elle, il n'y avait aucun doute possible. Cet homme qui devait avoir toute une cour d'admiratrices à ses pieds était en train de lui faire des avances… Elle n'en croyait pas ses oreilles ! Ignorant tout des règles du jeu de la séduction, elle ne put que lui offrir son plus beau sourire, terrifiée à l'idée qu'il change d'avis et l'abandonne comme ça, sans crier gare. Après tout, se dit-elle,

elle aussi avait le droit de goûter au bonheur d'être une femme ! Elle était jeune, elle était célibataire, il était temps qu'elle profite un peu de la vie… Et l'admiration qu'elle lisait dans le regard sombre de son compagnon était comme une bouffée d'adrénaline dans ses veines, un baume apaisant pour son ego blessé. « Pippa passe-partout » ? *Qui ça ?*

Son sourire enjôleur, tellement féminin, attisa encore le désir d'Andreo. Cela faisait une éternité qu'il n'avait pas eu envie d'une femme aussi intensément et son corps tendu comme un arc l'encourageait à franchir toutes les limites… Oui, il se voyait assez bien en train de pousser cette sensuelle créature contre le comptoir du bar : il emprisonnerait alors ses lèvres pleines et l'embrasserait avec fougue avant de l'entraîner dans un endroit plus intime. Mais, tandis que son tempérament méditerranéen le poussait à céder à ses pulsions charnelles, sa raison, elle, lui criait de garder le contrôle de ses actes. Et comme d'habitude, cette dernière l'emporta. Il aimait rester maître de ses actes, en toutes circonstances.

— *« Santo Cielo… »*

L'intonation de sa voix rauque la fit frissonner. Elle rencontra son regard voilé par le désir et sa bouche s'assécha tandis qu'une onde électrique la parcourait de part en part. Pour la première fois en vingt-trois ans d'existence, elle expérimentait la délicieuse, la troublante sensation d'être désirée par un homme. Et instinctivement, alors même qu'elle venait à peine de le rencontrer, elle se sentait au diapason de son désir. Chaque fibre de son être, chaque centimètre carré de sa peau aspirait à ses caresses… et ces sensations inédites l'enivraient en même temps qu'elles la terrifiaient.

— Partons d'ici, chuchota Andreo, décidé à invoquer n'importe quel prétexte pour quitter la soirée au plus vite.

Il tendit la main vers elle. Incapable de résister à l'envie de le toucher, Pippa lui donna la sienne. Un léger frisson la traversa et elle baissa les yeux sur leurs mains entrelacées.

— C'est complètement fou, murmura-t-elle d'une voix étranglée.

Au même instant retentit la sonnerie d'un téléphone portable. Andreo fronça les sourcils : il s'agissait de la chanson que son jeune frère avait téléchargée sur son téléphone pour le prévenir de ses appels. C'eût été n'importe qui d'autre, il ne se serait pas donné la peine de répondre. Mais pour Marco, quatorze ans, il jouait aussi bien le rôle de frère que celui de père, et à ce titre, il se tenait toujours à son entière disposition — même dans les situations les plus délicates.

Etouffant un juron, il lâcha la main de Pippa pour extirper son portable de la poche de sa veste. Sans préambule, son jeune frère débita l'énoncé d'un problème de mathématiques qu'il peinait à résoudre. Sourcils froncés, Andreo s'empara d'un prospectus qui traînait sur le comptoir du bar et inscrivit au verso les données du problème.

— C'est mon petit frère, murmura-t-il à l'adresse de Pippa. Il est pensionnaire et il m'appelle souvent à l'aide pour ses devoirs...

Pippa cligna des yeux. Emergeant lentement de l'étrange torpeur qui s'était emparée d'elle, elle vint se poster à côté de lui. Dire qu'elle avait été à deux doigts de suivre Andreo Dieu sait où... Elle avait encore du mal à le croire ! Un homme qu'elle venait à peine de rencontrer, un homme dont elle ne savait pratiquement rien ! C'était une pure folie...

Andreo perçut le changement d'humeur de Pippa. C'était comme si elle venait de lui fermer la porte au nez et il dut faire un effort pour ne pas laisser transparaître son agacement en répondant à Marco. A l'autre bout du fil, celui-ci, toujours aussi impatient, lui demandait combien de temps il mettrait pour résoudre le problème.

Encore sous le choc et inquiète quant à la suite des événements — pourrait-elle revoir cet homme si elle refusait de le suivre ce soir ? —, Pippa remarqua qu'il était en train de batailler avec les chiffres d'une formule trigonométrique qu'il venait de griffonner au dos d'un prospectus.

— Vous avez fait une erreur ici, murmura-t-elle en se rapprochant de lui.

Andreo se figea.

— Vraiment ? fit-il d'un ton incrédule.

Sans mot dire, Pippa lui prit le stylo des mains et, à la vitesse de l'éclair, entreprit de résoudre l'équation tout en lui expliquant succinctement pourquoi il s'était trompé dans ses calculs.

Andreo inspira puis expira très lentement. En toute objectivité, il était meilleur que quatre-vingt-dix-neuf pour cent des gens en maths : il venait donc de rencontrer le « pour cent » manquant sous les traits — qui l'eût cru ? — d'une sublime jeune femme rousse. Avait-elle raison, ne put-il s'empêcher de se demander. Etait-il vraiment un sale macho sexiste ?

— Andreo ! dit Marco à l'autre bout du fil. J'ignore qui elle est mais une chose est sûre : c'est une crack en maths ! Ça change des écervelées que tu choisis d'habitude. Surtout, n'oublie pas de lui demander son numéro de téléphone, ça peut toujours être utile !

Au moment où il coupait son portable, Andreo aperçut deux de ses collaborateurs à l'entrée de la salle de conférences. Les deux hommes désiraient visiblement qu'il rejoigne le reste de la troupe mais ils hésitaient à venir le déranger alors qu'il n'était pas seul. D'un geste ferme, Andreo entraîna Pippa au bout du bar, à l'abri des regards indiscrets.

— Nous allons regagner la salle de conférences chacun de notre côté, expliqua-t-il sur le ton de la conspiration. Nous ferons acte de présence une quinzaine de minutes.

Il parlait tout en admirant son ravissant visage, émerveillé par tant de beauté. L'idée de devoir la quitter, fût-ce pour un bref moment, lui répugnait.

— Je ne veux en aucun cas vous perdre de vue, *cara*. Je n'ai aucune envie que vous m'échappiez…

Pippa laissa échapper un petit rire nerveux, peu habituée à attirer ainsi la convoitise masculine. Soudain, Andreo la saisit par les bras et la poussa sans ménagement vers la cabine de téléphone qui se trouvait derrière elle.

— Que… que faites-vous ? bredouilla-t-elle, interdite.

— Qu'aimeriez-vous que je fasse, dites-moi ?

Plaquée contre le grand corps musclé d'Andreo, Pippa se perdit dans la profondeur de son regard chargé de sensuelles promesses. Les battements de son cœur se précipitèrent tandis que sa poitrine s'écrasait contre le torse puissant. Un flot de sang envahit son visage. C'était comme si son corps lui échappait, électrisé par une onde de désir d'une intensité inouïe.

— Philly…

Cédant aux sensations de plus en plus pressantes qui la consumaient, Pippa noua ses mains sur la nuque d'Andreo et s'arqua contre lui. Murmurant quelques mots d'italien, ce dernier accepta l'invitation avec fougue.

C'était la première fois que Pippa goûtait avec délice au plaisir des sens et elle savoura chaque instant de cet intermède magique. La bouche d'Andreo captura la sienne. D'abord douce et légère, presque aérienne, elle se fit rapidement plus exigeante. Sa langue franchit bientôt le barrage de ses lèvres et un violent frisson parcourut Pippa sous la caresse langoureuse. C'était comme si son corps sortait d'un long sommeil : vibrant de désir, il réclamait d'autres caresses, d'autres baisers qu'il devinait sans les avoir jamais connus.

Au prix d'un effort surhumain, Andreo mit un terme à leur étreinte et s'écarta d'un pas, craignant de ne pas pouvoir résister à l'appel de ses sens s'il n'installait pas entre eux une distance physique. Assombri par le désir, son regard s'attarda sur le visage de Pippa, légèrement hagard, et sur le doux renflement de ses lèvres charnues.

— Dix minutes… Et faites en sorte de rester dans mon champ

de vision, murmura-t-il d'une voix sourde. Puis nous partirons ensemble.

Clignant des yeux comme quelqu'un qui reprend conscience après s'être évanoui, Pippa se laissa entraîner en direction de la salle de conférences. Là, les petits groupes de convives qui conversaient avec animation s'écartèrent sur leur passage comme par enchantement.

Finalement, Andreo s'immobilisa devant une table libre, nichée dans un coin de la pièce, puis il héla un serveur qui passait à quelques pas et lui commanda quelque chose à boire.

— Attendez-moi là, *cara mia*, ordonna-t-il ensuite à voix basse. Je ne veux surtout pas vous perdre.

— Valez-vous la peine que je vous attende sagement ? répliqua Pippa, d'humeur taquine.

— Ne riez pas. Je suis très sérieux.

Elle vit dans son regard qu'il ne plaisantait pas, en effet. Il avait envie d'elle et de toute évidence, le désir qui le tenaillait le mettait à la torture. Son téléphone portable sonna de nouveau : la même chanson que tout à l'heure, reconnaissable entre mille. Un soupir échappa à Andreo.

— Pouvez-vous répondre à mon frère pendant que je prends congé de mes collaborateurs ? Il parle couramment anglais, ne vous inquiétez pas.

Touchée par ce qu'elle considérait comme une marque de confiance, Pippa prit le téléphone. Tout en sirotant son verre d'eau, elle aida Marco à terminer ses devoirs de mathématiques. De temps en temps, son regard cherchait celui d'Andreo, posté de l'autre côté de la salle. Et chaque fois qu'elle le voyait se tourner dans sa direction, chaque fois qu'elle sentait peser sur elle son regard perçant, sa bouche s'asséchait et son cœur s'emballait. Il était entouré des cadres supérieurs de Venstar. Le petit homme rondouillard qu'elle avait identifié un moment plus tôt comme étant le nouveau dirigeant de l'entreprise, Andreo d'Alessio, se tenait également à son côté. Perdue dans la foule, elle ne prêtait attention qu'à un seul homme : Andreo.

Ces émotions qui l'assaillaient, ces sensations qui l'enivraient, tout était tellement nouveau pour elle ! Elle avait l'impression de vivre un conte de fées... Car se pouvait-il qu'un homme comme lui, un homme si séduisant, si... parfait, s'intéressât réellement à elle ?

Mille petits frissons lui parcoururent l'échine au souvenir du baiser qu'ils avaient échangé quelques minutes plus tôt. Elle s'était abandonnée sans pudeur aux caresses de ses lèvres audacieuses, elle avait même attisé le désir qui couvait entre eux en s'arquant contre son corps vigoureux, totalement offerte.

Tandis qu'elle contemplait l'objet de ses pensées, un sourire rêveur aux lèvres, ce dernier se tourna brusquement vers elle, comme guidé par un sixième sens. Le sourire qu'il lui adressa, lourd de sous-entendus, la fit chavirer.

— Pourriez-vous me laisser votre numéro de téléphone ? demanda Marco d'une voix enjôleuse. Vous êtes drôlement plus douée qu'Andreo pour expliquer ce genre de truc...

Nonchalamment appuyée contre la table, son beau visage diaphane auréolé par sa splendide chevelure rousse, sa silhouette longiligne, tout en jambes, sobrement mise en valeur par la robe de soie turquoise, Pippa attirait de nombreux regards. Mais aucun homme présent dans la salle n'aurait osé l'aborder, dissuadé par les regards possessifs dont l'enveloppait Andreo d'Alessio ainsi que par le sourire entendu, un tantinet provocant, qu'il arborait chaque fois qu'il la cherchait des yeux.

Pippa venait à peine de raccrocher lorsque Andreo la rejoignit. Sans mot dire, il la prit par la main et l'entraîna vers la sortie d'un pas assuré. Des murmures parcoururent l'assistance mais elle n'en avait cure. Sans ses boucles folles, ses lunettes et son tailleur gris, il y avait de grandes chances pour qu'aucun de ses collègues ne l'ait reconnue...

Lorsque les portes de l'ascenseur se refermèrent sur eux, elle s'adossa à la paroi métallique.

— Vous ne m'avez toujours pas dit ce qui vous fait croire qu'Andreo d'Alessio se comporte comme un misogyne de la pire espèce, dit Andreo.

Elle secoua la tête.

— Je croyais que vous aviez oublié cette histoire…

— Je n'oublie jamais rien.

— Eh bien, faites un effort. Mes paroles ont dépassé ma pensée.

— Allez, vous pouvez me faire confiance, je ne répéterai rien.

— Mon petit doigt m'a dit que votre homonyme…

— Mon homonyme ? Le petit homme rond qui vous fait penser à un nain de jardin, c'est ça ?

Rassurée par son ton goguenard, Pippa acquiesça d'un signe de tête.

— Lui-même, oui. Eh bien, le bruit court que le *big boss* n'offre des promotions qu'aux jolies jeunes femmes, si vous voyez ce que je veux dire.

— C'est faux ! protesta Andreo.

Pippa ne put qu'apprécier la loyauté qu'il témoignait à l'égard de son patron. Impatiente de changer de sujet, elle murmura :

— Vous avez sans doute raison…

— Je suis *sûr* d'avoir raison, déclara Andreo avec force.

Pippa réprima de justesse un sourire. Il semblait si sûr de lui qu'il en était touchant. Tout à coup, il la saisit par les mains et l'attira contre lui.

— J'aime vous sentir tout près de moi, *carissima*…

Elle se laissa aller contre lui, grisée par le contact de son corps chaud et vigoureux.

— Moi aussi… je veux dire, j'aime être tout près de vous.

Avec un petit rire rauque, Andreo glissa les doigts dans son épaisse chevelure et, emprisonnant sa nuque, la força à rejeter la tête en arrière. Un désir brut, presque primitif, assombrissait les prunelles turquoise de la jeune femme. Incapable de se contenir plus longtemps, il captura sa bouche dans un baiser fiévreux qui les laissa tous deux pantelants de désir.

L'ascenseur s'immobilisa, les portes coulissèrent sans bruit. En proie à un délicieux vertige, Pippa suivit docilement son compagnon jusqu'à une double porte qu'il ouvrit à l'aide d'une carte magnétique. L'instant d'après, ils pénétraient dans une magnifique suite.

Pippa retint son souffle. Eperdue de désir, grisée par les sensations inédites que cet homme avait fait naître en elle, elle l'avait suivi sans même se poser de question sur leur destination… Et à présent, elle se trouvait dans sa chambre d'hôtel.

— Croyez-vous vraiment que je vais passer la nuit avec vous ? demanda-t-elle, partagée entre la stupeur et la contrariété.

3.

Andreo soutint son regard.

— La décision vous appartient.

A son grand désarroi, Pippa sentit de nouveau ses joues s'empourprer. Bien sûr que la décision lui appartenait ! Cela faisait un bon demi-siècle que les femmes avaient cessé de courber l'échine devant leurs compagnons ! Irritée par sa propre naïveté, elle se dirigea vers la baie vitrée qui offrait une vue spectaculaire du quartier des affaires londonien. Elle devait lui paraître bien timorée... une parfaite petite idiote... une jeune vierge effarouchée qui se retrouve, par mégarde, seule dans une chambre d'hôtel en compagnie d'un homme qui ne lui a jamais caché ses intentions... Soudain, Pippa se sentit pâlir. Des souvenirs douloureux profitèrent de son trouble pour resurgir : elle se revit à dix-sept ans, amoureuse d'un garçon qui l'avait humiliée peu de temps après leur rencontre. Depuis cette mésaventure, sa fierté blessée était devenue son arme la plus sûre.

Certes, le temps avait passé mais Pippa n'avait pas oublié la cuisante leçon. Méfiante, elle avait pris soin de garder ses distances avec les hommes. A vrai dire, ça n'avait pas été trop difficile : elle travaillait comme un forçat et passait le plus clair de son temps libre à s'occuper de son père, cloué dans son fauteuil roulant. Et puis, qui se serait intéressé à une « grande perche » dans son genre, comme se plaisait à le lui rappeler ce dernier, avec tout le tact qui le caractérisait ?

Mais pour la première fois, Pippa balaya ces tristes souvenirs sans difficulté. Andreo la trouvait à son goût, lui. Glissant un coup d'œil furtif dans sa direction, elle rencontra son regard. Sa gorge se noua. Dieu qu'il était séduisant !

Andreo la contemplait en silence. Ainsi immobile, elle ressemblait à une statue de marbre. Elle avait baissé les yeux et ses longs cils caressaient le haut de ses pommettes diaphanes. En cet instant précis, elle dégageait une impression de vulnérabilité et de fragilité qui le toucha profondément. Il la sentait hésitante et, au risque de la perdre, il déclara d'une voix sourde :

— Je ferais peut-être mieux de vous ramener chez vous.

Il la vit se raidir et, emporté dans son élan, posa la question qui le tenaillait depuis quelques minutes :

— Y a-t-il quelqu'un dans votre vie ?

— Non, murmura-t-elle dans un soupir. Et vous ?

— Non plus.

La sculpturale jeune femme blonde qui partageait son lit depuis quelque temps était partie faire des photos au Mexique. Pour Andreo, leur liaison avait pris fin dès l'instant où il avait posé les yeux sur Pippa.

L'atmosphère se chargea d'électricité.

— Jamais encore je n'ai désiré une femme autant que vous, *bella mia*, confessa-t-il.

— J'ai très envie de rester, avoua-t-elle à son tour.

— Vous ne le regretterez pas.

A ces mots, le cœur de Pippa s'emballa tandis qu'un doux vertige s'emparait d'elle. Andreo était sans conteste l'homme le plus séduisant qu'elle ait jamais rencontré. Lorsque son regard noir, irisé de reflets ambrés, se posait sur elle, un véritable miracle se produisait : elle se sentait belle, oui, belle et attirante... Elle se sentait femme, en somme.

Ses jambes vacillèrent légèrement lorsqu'elle s'approcha de lui. Et ce fut d'une main tremblante qu'elle entreprit de dénouer sa cravate qui, hélas, refusa de coopérer.

Andreo vint à son secours. D'un geste habile, il se débarrassa de l'accessoire récalcitrant et, emprisonnant les mains de Pippa dans les siennes, il l'attira contre lui, enfouit les doigts dans la masse soyeuse de ses cheveux et réclama ses lèvres dans un baiser passionné. Elle répondit avec bonheur aux caresses audacieuses de sa bouche, accrochée à ses larges épaules.

Dans un soupir, il s'arracha à ses lèvres et la souleva dans ses bras.

— Je ne suis pas trop lourde ? chuchota-t-elle en se laissant aller contre son torse puissant.

Une certitude troublante, inexplicable, avait germé dans son esprit : Andreo était l'homme de sa vie, celui qu'elle attendait inconsciemment depuis longtemps, l'homme qu'elle aimerait éperdument… et qui l'aimerait en retour avec la même ferveur. Et s'il ne l'aimait qu'un tout petit peu, elle saurait s'en contenter, songea-t-elle confusément.

— Vous êtes légère comme une plume, *cara mia,* fit Andreo en poussant la porte d'une élégante chambre de style contemporain.

Là, il relâcha délicatement son étreinte. Pippa avait perdu une chaussure en chemin et elle s'empressa d'ôter l'autre. Reculant d'un pas, Andreo commença à déboutonner sa chemise. Les yeux agrandis de surprise et d'émerveillement, elle le contemplait sans mot dire. Le vêtement ne tarda pas à glisser au sol, révélant un torse cuivré, puissamment musclé. Une discrète toison brune courait entre ses pectoraux parfaitement dessinés. Devant cet affolant spectacle, elle sentit son ventre se liquéfier. Elle recula d'un pas, heurta le lit et, chancelante, se laissa tomber sur l'épais matelas.

Un sourire suave joua sur les lèvres d'Andreo.

— Vous auriez préféré me déshabiller vous-même ? demanda-t-il d'un ton taquin.

Pippa déglutit péniblement.

— Je... non... je ne suis pas très adroite pour ce genre d'exercice, balbutia-t-elle.

— Vous pourrez toujours vous entraîner sur moi, *cara*, suggéra Andreo, attendri par sa maladresse.

— Est-ce une invitation ? répliqua Pippa en s'efforçant de se mettre au diapason de son humeur espiègle.

— Oui... et c'est quand vous voulez, murmura-t-il en s'approchant d'elle d'un pas félin, comme un tigre fond sur sa proie.

Posté devant elle, il la prit par les mains et l'aida à se relever. Pippa tressaillit. Il était à demi dévêtu, et l'odeur épicée de son eau de toilette l'enveloppa comme une caresse. Débarrassée de ses talons, elle le trouva soudain très grand, terriblement imposant.

— *Santo Cielo,* on dirait que vous avez légèrement rapetissé, plaisanta-t-il. Promettez-moi de porter des talons chaque fois que nous sortirons ensemble. Je trouve ça terriblement excitant de vous voir dominer tous ces hommes...

— Vraiment ?

— *Si.* Vous aviez l'air d'une reine inaccessible... J'ai adoré, conclut-il en passant les mains dans son dos pour lui ôter sa robe.

— On ne pourrait pas éteindre la lumière ? murmura Pippa, tétanisée à l'idée de se retrouver nue devant lui.

Andreo partit d'un éclat de rire.

— Vous plaisantez, j'espère, *bella mia !*

Elle esquissa un sourire embarrassé.

— Si vous le dites...

Il souleva légèrement les fines bretelles de sa robe et les fit glisser le long de ses bras frissonnants. La soie turquoise s'écrasa sur l'épaisse moquette dans un bruissement délicat. Les yeux rivés aux siens, il prit son visage en coupe.

— Vous êtes magnifique…

Pippa ferma les yeux, étourdie par l'admiration qui voilait son regard sombre, légèrement ambré. Ne la trouvait-il pas trop mince, trop plate ?

Lorsqu'il l'entraîna avec lui sur le lit, elle gémit puis frémit au contact de ses cuisses musclées qui l'enlaçaient dans une étreinte sensuelle. Andreo reprit ses lèvres et cette fois, il l'embrassa avec une lenteur délibérée, comme pour attiser le feu qui couvait en eux.

— Magnifique et sexy…, murmura-t-il en promenant ses longs doigts sur sa peau.

Pippa ouvrit les yeux, interloquée.

— Sexy ?

— Oui… Infiniment sexy…, répondit Andreo.

Tout lui plaisait chez elle, tout éveillait en lui une faim primitive, parfaitement incontrôlable : les chauds reflets de sa chevelure, douce comme la soie, ses yeux bleu vif, son sourire éblouissant, sa silhouette déliée et cette espèce de fragilité qui émanait d'elle et qui lui donnait envie de la protéger, de la couvrir de mille et une attentions.

Hypnotisée par l'intensité de son regard, Pippa ne s'aperçut même pas qu'il l'avait débarrassée de son soutien-gorge.

— Vous le pensez vraiment ?

Andreo retint son souffle en apercevant ses seins semblables à deux petits globes d'albâtre, parfaitement ronds et lisses. Durcis par le désir, ses tétons pointaient fièrement. Soudain, la jeune femme porta les mains à sa poitrine dénudée.

— La lumière…, implora-t-elle d'une voix tremblante.

— J'aime votre corps…

Les joues empourprées, Pippa se glissa fébrilement sous les draps, pressée d'échapper à son regard perçant. Andreo fronça les sourcils, visiblement décontenancé par sa soudaine pudeur.

— Je... puis-je avoir quelque chose à boire ? balbutia-t-elle pour gagner du temps.

Il se dirigea aussitôt vers le minibar d'où il sortit une bouteille d'eau minérale. Une main crispée sur le drap, Pippa accepta le verre qu'il lui apporta quelques instants plus tard.

— Vous me trouvez sans doute un peu bizarre, n'est-ce pas ?

— Pourquoi dites-vous ça ?

Appuyé contre la table de chevet, il but à la bouteille une grande gorgée d'eau avant de reporter son attention sur elle. Le silence s'étira. En proie à un malaise grandissant, Pippa se redressa tout en prenant soin de ne pas se dévoiler.

— J'ai quelque chose à vous dire...

Le visage d'Andreo s'assombrit.

— Laissez vos amants où ils sont. Je n'ai aucune envie d'en entendre parler.

— Oh ! il ne s'agit pas de ça... Pas du tout, justement. En fait, je...

Elle s'interrompit et prit une inspiration avant de se jeter à l'eau.

— Je voulais simplement vous prévenir que je n'ai pas beaucoup d'expérience dans ce domaine.

Andreo réprima de justesse un sourire indulgent. Sa confession était touchante et il eût été indélicat de sa part de souligner qu'il s'en était déjà aperçu. Toujours est-il que cela ne le dérangeait pas le moins du monde. Au contraire.

— En fait...

Pippa hésita de nouveau et se mordit nerveusement la lèvre inférieure avant de reprendre d'une voix si basse qu'il fut obligé de se pencher vers elle pour l'entendre.

— Pour être tout à fait franche... je n'ai même jamais fait ça du tout...

Andreo fronça les sourcils.

— Redites-moi ça.

— Jamais de la vie, murmura-t-elle.

— Ce que vous essayez de me dire, c'est que vous n'avez jamais passé la nuit avec un homme que vous veniez tout juste de rencontrer, c'est ça ?

— Oui, mais pas seulement. Vous comprenez, je ne… je n'ai encore jamais couché avec un homme… je suis, enfin, vous savez… je suis vierge, conclut Pippa en forçant son courage pour ne pas baisser les yeux.

— Pardon ?

Un mélange de stupéfaction et d'incrédulité s'inscrivit sur le visage de son compagnon.

— Ai-je bien entendu ?

Mortifiée, Pippa hocha la tête en rougissant comme une écolière. A la vérité, elle ne s'attendait pas à une telle réaction.

Andreo était frappé de stupeur. Vierge… La sublime créature assise dans son lit était encore pure et innocente, telle une madone échappée d'un tableau médiéval. Bouleversé par sa confession et son embarras manifeste, il alla s'asseoir à côté d'elle.

— Ce n'est pas un souci, murmura-t-il enfin en l'attirant dans ses bras avec davantage de précautions.

« Non, ce n'est pas un souci, se répéta-t-il *in petto*. Pourquoi en serait-ce un, d'ailleurs ? »

— C'est vrai ? demanda-t-elle d'une petite voix.

Andreo hocha la tête. Puis, effleurant ses cheveux d'une caresse aérienne, il reprit :

— Simplement, il me semble que vous devriez peut-être y réfléchir un peu avant de…

— Non, c'est inutile.

Tout en prononçant ces mots d'un ton catégorique, Pippa referma les bras autour de lui. Elle eut soudain envie de crier qu'elle avait passé sa vie à ça, justement… Réfléchir, réfléchir, toujours réfléchir au lieu d'agir ! Le contact de leurs peaux précipita les battements de son cœur. Parcourue d'un long frisson, elle plongea dans son regard d'encre, prête à s'abandonner totalement au désir qui la consumait.

— Pourquoi moi ? murmura Andreo en posant ses lèvres sur la courbe délicate de son épaule.

Grisé par le parfum vanillé de sa peau, il sema quelques baisers légers jusqu'à l'endroit où son pouls battait à coups redoublés.

Le souffle court, Pippa enfouit son visage dans les épais cheveux bruns de son compagnon. Ses pensées se faisaient confuses, son corps s'embrasait. Plus rien ne comptait que le désir qui les enveloppait tous les deux, exquis et irrésistible.

— Je ne sais pas…

— Si, vous le savez forcément, objecta Andreo entre deux baisers.

Il avait raison, songea-t-elle confusément. Jamais encore elle n'avait désiré quelqu'un ou quelque chose avec une telle force. L'attirance qu'elle éprouvait pour lui relevait d'un désir fondamental, purement instinctif.

Tout doucement, Andreo écarta le drap qui couvrait sa poitrine et se délecta du charmant spectacle qui s'offrait à lui : semblables à deux perles roses, ses tétons se dressaient vers lui, délicieusement tentateurs. N'y tenant plus, il les titilla du bout des doigts avant de les capturer tour à tour entre ses lèvres avides.

Lorsque sa langue s'enroula lascivement autour du premier téton, Pippa se blottit contre lui en gémissant. Jamais encore elle n'avait éprouvé de sensations aussi intenses… Ses doigts plongèrent avec délice dans les cheveux d'Andreo l'implorant en silence de continuer. La bouche de ce dernier se fit plus exigeante, plus pressante, ses caresses plus érotiques encore. Soudain, il se redressa et la serra tout contre lui, le regard voilé d'un désir fiévreux. Electrisée par ses baisers, Pippa promena ses mains le long de ses bras puis sur ses épaules avant de s'aventurer dans son dos puissamment musclé.

— Vous ne le regretterez pas, *cara,* je vous le promets, déclara-t-il avec ferveur avant de la relâcher.

Il se leva d'un bond et ôta son pantalon. Les lèvres légèrement entrouvertes, Pippa l'observa avec émerveillement. Depuis son torse vigoureux jusqu'à son ventre plat et lisse en passant par ses hanches étroites et ses jambes longues, magnifiquement dessinées, son corps était l'archétype de la virilité. Son caleçon dissimulait mal la preuve du désir qui le consumait. Avec désinvolture, il s'en débarrassa et les yeux de Pippa s'arrondirent tandis qu'elle rougissait de plus belle. Assaillie par un tumulte d'émotions, elle baissa vivement la tête.

Andreo rabattit le drap sous lequel elle s'était réfugiée. Leurs regards se nouèrent et l'envie de se blottir contre lui, de sentir sa peau sur la sienne la submergea soudain. De nouveau, son corps avide de plaisir lui échappait.

— Vous êtes vierge, d'accord, mais... complètement ? murmura-t-il en l'attirant dans ses bras.

— Sur une échelle de un à dix, disons que je me positionne à peine en dessous de dix, j'imagine, chuchota-t-elle avec un petit sourire gêné.

— Votre peau est aussi blanche que de la porcelaine.

Andreo caressa de nouveau ses petits seins haut perchés. Très vite, ses lèvres remplacèrent ses mains.

— *Cara mia*... Vous êtes tellement sensible, tellement délicate. J'adore ça...

Incapable de rester immobile sous les sensuels assauts de sa langue, Pippa s'arc-bouta fiévreusement, impatiente de pénétrer plus avant le monde de volupté dont Andreo lui ouvrait les portes.

— Embrassez-moi...

Il savoura ses lèvres à la manière d'un fruit mûr, mêla sa langue à la sienne et laissa échapper un rire rauque lorsqu'elle voulut l'attirer sur elle.

Pippa entrouvrit les paupières, surprise.

— Un peu de patience, ordonna-t-il en glissant une main sous ses fesses pour lui retirer son slip de soie. Nous avons toute la nuit, *bella mia*.

Ses hanches ondulèrent sensuellement sous le drap comme elle tentait de maîtriser le feu qui couvait dans son ventre. Chaque partie de son corps était devenue ultra sensible : ses tétons, encore humides des caresses éminemment érotiques qu'Andreo leur avait prodiguées, ses lèvres frémissantes et l'intérieur de ses cuisses, moite et palpitant. N'y tenant plus, elle se plaqua contre lui et gémit au contact de son grand corps souple, de sa peau douce et chaude, de sa virilité exacerbée par le désir.

Les yeux étincelants, Andreo s'écarta vivement. Un muscle tressauta sur sa joue.

— J'aimerais que cette nuit soit exceptionnelle.

Sourde à son avertissement, Pippa se redressa et posa ses lèvres sur l'épaule ferme de son compagnon. Comme mues par une volonté propre, elles glissèrent jusqu'à son torse et s'y attardèrent quelques instants, un peu timides mais gagnant de l'assurance au fil des secondes. Lorsqu'elle entreprit d'enrouler sa langue autour d'un téton brun, Andreo l'attrapa par les cheveux et l'obligea à se redresser.

— Comme ça, mademoiselle n'en fait qu'à sa tête, murmura-t-il d'une voix rauque.

Cet homme possédait un sang-froid absolument inébranlable... mais il était beau comme un dieu, songea Pippa confusément. Elle ne pouvait s'empêcher d'admirer les épais cheveux noirs qu'elle avait ébouriffés, les yeux perçants, les pommettes hautes, le nez droit et cette bouche aux lèvres fermes et volontaires, tellement sensuelle... Une nouvelle vague de désir l'emporta.

— Si je comprends bien, je suis censée m'allonger et me laisser faire sagement en pensant à...

— A moi, coupa Andreo. A moi et à personne d'autre.

Sans lui laisser le temps de répliquer, il l'embrassa de nouveau tandis que ses mains parcouraient les courbes délicates de son corps délié. Hors d'haleine, Pippa sombra avec bonheur dans un abîme de plaisir. Andreo avait vu juste : elle ne pensait à rien d'autre qu'à lui et aux sensations incroyables qui déferlaient en elle. Et lorsque ses doigts effleurèrent le triangle humide qui couronnait ses cuisses, elle laissa échapper un long gémissement.

— Oh oui, s'il vous plaît… !

Les doigts d'Andreo s'aventurèrent dans la chaleur moite de sa féminité, ouvrant délicatement le passage à ses caresses expertes, titillant, effleurant jusqu'à ce qu'elle ait l'impression de se liquéfier. C'était une torture délicieuse, la plus exquise qu'elle ait jamais connue. Alors qu'elle croyait atteindre le sommet de l'extase, Andreo en repoussait chaque fois les limites, l'entraînant toujours plus haut, toujours plus loin, dans un univers de sensations intenses, vertigineuses.

— J'ai trop envie de vous, murmura-t-il en la repoussant sur le lit en même temps qu'il s'allongeait sur elle.

Tout à coup, elle le sentit en elle, dur et conquérant. Sous le coup d'une douleur aussi vive qu'éphémère, elle ouvrit de grands yeux stupéfaits.

Andreo se figea lorsqu'une faible plainte s'échappa de ses lèvres.

— Voulez-vous que j'arrête ?

— Non…

Il la possédait, et elle n'avait pas envie qu'il l'abandonne. Elle ferma les yeux, pressée que la douleur s'atténue pour pouvoir savourer pleinement cette intrusion tellement virile, tellement érotique…

— Vous êtes sûre ? insista-t-il. Je ne veux surtout pas vous faire de mal.

Pippa esquissa un sourire attendri tandis qu'une évidence s'imposait à elle, stupéfiante : s'il continuait à se montrer aussi attentionné, elle tomberait forcément amoureuse de lui… Si ce n'était pas déjà fait.

— Oui, j'en suis sûre…, assura-t-elle d'une voix tremblante.

— *Amore…*

Il déposa un baiser sur son front moite.

— J'ai très envie de vous, moi aussi, confessa-t-elle avec une moue enfantine.

Comme pour prouver qu'elle ne mentait pas, elle plaqua ses hanches contre les siennes dans une langoureuse invitation.

Andreo la pénétra plus profondément. Cette fois, Pippa s'arqua contre lui en soupirant de plaisir, emportée par un tourbillon de volupté. La brûlure qu'elle avait ressentie quelques minutes plus tôt avait cédé la place à une excitation diffuse. Le cœur battant la chamade, elle s'accrocha aux épaules d'Andreo tandis qu'il l'entraînait toujours plus haut, vers les cimes d'un plaisir dont elle n'avait jamais soupçonné l'existence. Et lorsqu'ils en atteignirent ensemble le sommet, elle trembla violemment et Andreo émit un long gémissement. Elle le serra dans ses bras, envahie d'une étrange fierté, le cœur empli d'allégresse. Elle avait pris un plaisir immense à lui offrir sa virginité et n'éprouvait pas l'ombre d'un regret.

Gagnée par une douce torpeur, elle s'assoupit sans même s'en apercevoir. Au bout de quelques minutes, Andreo la secoua gentiment.

— Il n'est que minuit, déclara-t-il d'un ton faussement réprobateur. Ne me dites pas que vous êtes déjà fatiguée…

Pippa se lova contre lui en rougissant. Sans doute était-ce l'effet de l'alcool qu'elle avait bu chez son amie alors qu'elle n'en consommait jamais d'habitude.

— Désolée…

Andreo la repoussa contre les oreillers et écarta les mèches rebelles qui lui masquaient le visage.

— Je viens de vivre un moment merveilleux dans vos bras, Philly, mais je dois vous avouer quelque chose…

Devant la gravité qui voilait son beau visage, Pippa sentit son cœur chavirer.

— Vous êtes marié, c'est ça ?

— *Dio mio…*

L'expression contrariée d'Andreo balaya ses craintes… momentanément du moins. Car déjà, une autre question s'échappait de ses lèvres :

— Vous avez une petite amie…

— Je suis résolument monogame, affirma-t-il.

— Alors qu'y a-t-il ?

Il esquissa une grimace.

— Le préservatif a craqué. Un excès d'enthousiasme de ma part, sans doute… Je préférais malgré tout vous prévenir.

Pippa se figea.

— Le… euh… il a *craqué ?*

Andreo se chargea de lui expliquer ce qui s'était passé par des formules imagées qui la firent rougir d'embarras.

— Je suis en bonne santé, conclut-il d'un ton pragmatique. Vous n'avez aucun souci à vous faire de ce côté-là. J'ai toujours pris mes précautions. En revanche, la possibilité que vous tombiez enceinte n'est pas à exclure…

Ce petit mot-là, « enceinte », lui fit l'effet d'une gifle. Un rire nerveux s'échappa de ses lèvres. Non, Andreo dramatisait, c'était tout simplement impossible.

— Il n'y a rien à craindre, affirma-t-elle avec une assurance forcée. Ce n'est pas si facile que ça de faire un bébé. De plus en plus de couples rencontrent des problèmes de stérilité, vous savez.

Devant l'air dubitatif de son compagnon, elle demanda d'un ton léger, pressée de changer de sujet :

— Vous aimez les enfants ?

— J'ai quatre frère et sœurs… à votre avis ?

Il avait éludé sa question mais Pippa préféra ne pas insister de peur qu'il l'interrogeât à son tour. Elle n'avait que dix ans lorsqu'elle avait décidé qu'elle n'aurait pas d'enfant. C'était un sujet sensible pour elle car il réveillait forcément les souvenirs de sa propre enfance — une enfance pas très heureuse, marquée par un père dominateur et exigeant.

Et elle, aimait-elle les enfants ? La question surgit dans l'esprit d'Andreo qui tenta de trouver une réponse sur le beau visage de la jeune femme. Visiblement épuisée, celle-ci s'était rendormie. Il se souvint de la patience qu'elle avait témoignée à l'égard de son jeune frère et un sourire étira ses lèvres. Elle adorait les enfants, il en aurait mis sa main à couper.

La sonnerie de son téléphone portable réveilla brusquement Pippa qui ouvrit péniblement les yeux. Une douleur lancinante martelait ses tempes et elle se sentait fourbue, comme après une séance de sport intense. Elle chercha à tâtons l'appareil posé sur la table de chevet.

— Allô !

— Avez-vous bien dormi, *bella mia ?* demanda une voix caressante à l'autre bout du fil.

Au même instant, Pippa se rendit compte qu'elle se trouvait dans une chambre d'hôtel vaguement familière... Et complètement nue.

— Pardon ? balbutia-t-elle.

— J'ai commandé un petit déjeuner pour vous, poursuivit Andreo. Il vous attend dans la pièce voisine.

Les yeux de Pippa s'arrondirent de surprise.

— Je croyais que... que j'avais rêvé la nuit passée, confessa-t-elle d'une voix mal assurée.

— Vos rêves sont-ils toujours aussi excitants ? plaisanta-t-il.

Andreo ne put retenir un sourire, tout en ignorant délibérément les signes de ses collaborateurs qui l'invitaient à se diriger vers la salle de réunion.

— Mais enfin… quelle heure est-il ?

— Il est 9 h 30, chère marmotte… pas de panique, c'est avec grand plaisir que je vous accorde un jour de congé.

Andreo esquissa un sourire rêveur tandis que l'image de la jeune femme se dessinait dans son esprit, telle qu'il l'avait vue avant de partir : cheveux emmêlés, joues rosies, belle à croquer, même dans son sommeil.

— 9 h 30 ? s'écria Pippa, incrédule. Un jour de congé ? Vous plaisantez, j'espère !

— Je vous invite à dîner ce soir et j'aimerais vous trouver fraîche et dispose.

Pippa secoua la tête, décontenancée.

— Andreo… j'apprécie votre sollicitude mais je ne suis pas du genre à m'accorder des jours de congé simplement parce que je suis fatiguée…

— Aujourd'hui sera donc l'exception qui confirme la règle, *cara,* insista-t-il en adressant un geste impatient aux cadres qui l'attendaient dans le couloir.

— Pourquoi devrais-je vous obéir ?

— Pourquoi ? répéta-t-il, un instant désarçonné. Pour me faire plaisir, quelle question !

Le cerveau en ébullition, Pippa leva les yeux au ciel. Faire plaisir à un homme ne faisait pas partie de ses priorités, c'était clair. Sauf quand cet homme était grand, brun, infiniment séduisant, terriblement sûr de lui… et qu'elle éprouvait pour lui des sentiments troublants, bien plus forts qu'une simple attirance physique.

— Ecoutez, je vais devoir vous quitter, dit encore Andreo. Mais j'aurai une surprise pour vous ce soir. Je crois qu'elle vous plaira. Laissez-moi votre adresse pour que je puisse venir vous chercher.

Quand elle eut raccroché, Pippa fixa l'appareil d'un air

hébété. Une surprise… Quel genre de surprise pouvait-il bien lui réserver ? Dans l'immédiat en tout cas, elle n'avait pas une seconde à perdre : il était hors de question qu'elle n'aille pas au bureau le jour où Cheryl allait prendre ses fonctions de directrice du service financier !

Tout à fait réveillée à présent, elle sauta du lit et se précipita dans la salle de bains où elle prit une douche revigorante. Elle n'aurait pas le temps de rentrer chez elle pour se changer, c'était évident. Qu'à cela ne tienne, elle achèterait des vêtements et des chaussures en ville !

Très vite, ses pensées vagabondèrent vers Andreo et les moments inoubliables qu'elle avait vécus entre ses bras. Tout endolori, son corps portait encore l'empreinte de ses caresses. Partagée entre un vague sentiment de honte et une joie presque coupable, elle se rappela les effleurements sensuels, les baisers avides, la fusion à la fois délicate et passionnée de leurs deux corps…

En sortant de la douche, Pippa attrapa une grande serviette moelleuse et surprit son reflet dans le miroir en pied. Un sourire béat flottait sur ses lèvres. « Reprends-toi, enfin ! », s'exhorta-t-elle en plissant le nez. Certes, il était beau comme un dieu, mais ce n'était pas une raison pour perdre la tête… au contraire !

Une fois habillée et coiffée, elle inscrivit son adresse sur le bloc-notes posé près du lit et poussa la porte qui donnait sur l'élégant salon qu'ils n'avaient fait que traverser la veille au soir. Elle s'arrêta net, le souffle coupé. Un somptueux bouquet de roses trônait sur la table basse. Le parfum délicat des boutons rose pâle l'enveloppa lorsqu'elle se pencha pour lire la petite carte adressée à « Philly », posée contre le vase.

Ignorant ce qu'elle prenait au petit déjeuner, Andreo avait visiblement préféré commander un peu de tout… En proie à une vive émotion — jamais personne ne s'était donné autant de mal pour elle ! —, Pippa se tourna vers la table du salon et retint son souffle. C'était un vrai festin qui l'attendait ! Décidément, Andreo était un homme à part, songea-t-elle en se servant un verre de jus d'orange. Perdue dans ses pensées, elle grignota un petit pain au lait. Ces marques d'attention la touchaient profondément. Grâce à lui, elle avait l'impression d'exister enfin !

En proie à une douce euphorie, Pippa entra dans la première boutique de vêtements qu'elle trouva sur le chemin. Elle acheta à la hâte une parure de lingerie, un tailleur-pantalon noir et une paire de ballerines.

A peine une demi-heure plus tard, la tête haute et le sourire aux lèvres, elle poussa la porte de l'immeuble Venstar et se dirigea vers l'ascenseur qui l'emmena rapidement au troisième étage. La salle de réunion était bondée. Elle se glissa discrètement dans le fond, au moment où l'un des dirigeants levait la main en annonçant :

— Andreo d'Alessio, notre nouveau P.-D.G. !

Pippa vit alors Andreo, *son* Andreo, se lever. Il lui sembla encore plus séduisant dans son costume gris perle, impeccablement coupé, assorti d'une chemise de soie bleu nuit et d'une cravate dans les mêmes tons. Son beau visage était empreint de solennité. Aussitôt, une onde de chaleur se répandit dans son ventre. Réprimant à grand-peine le sourire idiot qui menaçait d'étirer ses lèvres, elle se laissa submerger d'un sentiment de fierté ridicule. Oui, c'était *son* Andreo qui s'approchait du pupitre d'un pas décidé et qui, d'un geste autoritaire, fit taire les applaudissements enthousiastes de l'assistance.

Pendant quelques secondes, Pippa crut qu'il s'apprêtait à prendre la parole au nom du nouveau P.-D.G., retenu par une affaire urgente. Mais lorsque le directeur s'adressa à lui en l'appelant « monsieur d'Alessio », son cœur cogna à grands coups désordonnés dans sa poitrine. Frappée de stupeur, elle le considéra d'un air éperdu, la gorge sèche.

Jonelle, sa collègue, se rapprocha légèrement d'elle.

— Alors, sois honnête... Si Andreo d'Alessio t'offrait une paire de menottes incrustées de diamants, tu te plierais volontiers à ses fantasmes, non ? Tu ne le ferais tout de même pas dormir dans ta baignoire, rassure-moi…

Pippa essaya de rire mais aucun son ne sortit de ses lèvres.

4.

Son Andreo n'était autre que le nouveau P.-D.G. de Venstar, l'homme d'affaires multimillionnaire !

Sous le choc, Pippa écouta distraitement le discours clair et concis dans lequel Andreo exposa ses projets concernant l'avenir de l'entreprise. *Son* Andreo ? Ce n'était pas possible ! Un frisson glacé parcourut son corps. Elle se sentait trahie, blessée une fois encore dans son amour-propre. Pourquoi lui avait-il menti ? Pourquoi lui avait-il laissé croire qu'il n'était qu'un simple employé parmi d'autres au sein de Venstar ?

De l'autre côté de la salle, l'attention d'Andreo fut attirée par l'éclat flamboyant d'une chevelure rousse. Il la reconnut aussitôt, malgré la queue-de-cheval toute simple qui lui donnait des airs d'adolescente et son visage dépourvu de toute trace de maquillage. Sa présence le désarçonna. Ne lui avait-il pas conseillé de prendre un jour de congé ? Un pli barra son front. Pourquoi n'était-elle pas restée à l'hôtel ?

Il eut à peine le temps de croiser son regard : pivotant sur ses talons, elle quitta la pièce à la vitesse de l'éclair. Elle était furieuse, cela ne faisait aucun doute. Mais c'était sa faute : si elle l'avait écouté, si elle était restée sagement à l'hôtel, il lui aurait annoncé la nouvelle tranquillement devant un délicieux repas aux chandelles… Mais évidemment, elle n'en avait fait qu'à sa tête. Résistant tant bien que mal à l'envie de se lancer à sa poursuite, il reporta son attention sur les membres du personnel qui, déjà, l'assaillaient de questions.

— Excuse-moi mais j'ai du mal à croire que ton retard d'aujourd'hui n'ait pas été intentionnel, lança Cheryl Long à Pippa lorsque celle-ci rejoignit le service financier. Je n'ai pas pu montrer les chiffres du projet Kelvedon à la direction parce que j'ignorais que tu avais renvoyé le dossier au service des acquisitions. Ton absence m'a causé pas mal de désagréments, crois-moi !

Si ses collègues se renfrognèrent en entendant les reproches injustifiés de Cheryl, Pippa, elle, n'y prêta qu'une attention distraite tant elle était bouleversée par ce qu'elle venait d'apprendre. Devant son silence, Cheryl reprit d'un ton dédaigneux :

— A partir d'aujourd'hui, j'aimerais que tu t'installes à mon ancien bureau.

— Très bien, murmura Pippa en rassemblant ses affaires d'un air absent.

Un sourire satisfait étira les lèvres pourpres de Cheryl qui ajouta d'un ton radouci, presque amical :

— Oh ! j'aurais également besoin d'un exemplaire de la présentation que tu devais faire à l'attention de M. d'Alessio, cet après-midi.

— J'ai bien peur de n'avoir rien préparé, répliqua Pippa.

Le sourire de Cheryl s'évanouit instantanément.

— Tu as bien dû rédiger quelques lignes.

— Non, je n'ai pas eu le temps, déclara Pippa en se gardant de préciser qu'elle aurait passé la journée à préparer cette présentation si on lui avait accordé le poste de directrice.

Sur une œillade assassine, Cheryl tourna les talons et alla se réfugier dans le bureau de Ricky Brownlow.

— La vie va devenir un enfer, prédit Jonelle d'un ton lugubre.

— Je n'aurais jamais cru qu'elle se transformerait en sale petite peste, renchérit une secrétaire. Je veux dire, elle n'était pas la dernière à vouloir s'amuser, avant sa promotion.

— Je n'arrive pas à comprendre pourquoi elle…

Jonelle s'interrompit brusquement, comme si elle venait de se souvenir de la présence de Pippa. Dans le silence gêné qui suivit, celle-ci déposa ses affaires sur son nouveau bureau.

— Alors, comment as-tu trouvé la fiancée d'Andreo d'Alessio hier soir ? demanda une autre employée à l'attention de Jonelle.

— La rousse ? Cette fille était à tomber par terre. Tous les types bavaient sur elle, c'était absolument ignoble, gémit Jonelle. Ça nous laisse assez peu d'espoir à nous autres, pauvres créatures ordinaires…

— Aucun espoir, oui ! renchérit sa collègue en riant. Si tu veux mon avis, ces deux-là forment un couple parfaitement assorti.

— Assorti ? Ils sont grands tous les deux, d'accord, mais ça ne fait pas tout, fit Jonelle en esquissant une moue dépitée.

— Arrête… Il n'a pas arrêté de la couver des yeux, c'était impressionnant. Non, elle l'a bel et bien épinglé et il ne nous reste plus qu'à leur souhaiter bonne chance. Au fait, elle ne te rappelait pas quelqu'un ?

— Pas vraiment, non…

— C'est drôle, son visage me semblait familier. J'ai dû voir des photos d'elle dans un magazine de mode, un truc comme ça.

Au grand soulagement de Pippa, le sujet fut vite abandonné. Personne ne la reconnaîtrait, elle pouvait être tranquille, songea-t-elle en se plongeant dans les dossiers qu'elle avait elle-même confiés à Cheryl la semaine précédente. La tâche s'avéra nettement au-dessous de ses compétences et, bientôt désœuvrée, elle ne put s'empêcher de ressasser sa mésaventure.

Quelle cuisante humiliation, vraiment ! Andreo l'avait trompée de la manière la plus cruelle, la plus méprisable qui soit ! Il lui avait menti, il avait trahi sa confiance. D'accord, elle était en partie responsable de ce qui était arrivé. Après tout, il fallait être stupide pour accorder sa confiance à un homme qu'on venait à peine de rencontrer, non ? Ce qu'elle avait pris pour un conte de fées, ce qu'elle considérait déjà comme le début d'une idylle passionnée, s'avérait en réalité une vile mascarade. Un douloureux mélange de honte et de rancœur la submergea. Andreo d'Alessio était un séducteur de renommée internationale... Fallait-il qu'elle soit aveugle pour ne pas l'avoir senti sur-le-champ !

La gorge nouée, elle se leva et battit en retraite aux toilettes. Là, elle fixa son reflet jusqu'à ce que les larmes qui embuaient son regard disparaissent enfin. Pourquoi souffrait-elle autant ? Le conte de fées avait volé en éclats, d'accord... Mais était-ce si surprenant que ça ? Son père ne lui avait-il pas assez souvent répété que la vie n'avait rien d'une partie de plaisir ? Il fallait absolument qu'elle se ressaisisse, qu'elle tourne la page pour repartir de zéro. Sa décision fut prise quasi instantanément : elle prendrait ses trois semaines de congé puis donnerait sa démission. C'était le seul moyen de rebondir. Mais avant, elle irait demander des explications à Andreo. Sa tranquillité d'esprit en dépendait.

Mue par un élan de colère et de détermination mêlées, elle prit l'ascenseur jusqu'à l'étage de la direction. L'heure du déjeuner approchait, les employés se pressaient dans les couloirs. Indifférente à l'animation ambiante, Pippa se dirigea vers le bureau du P.-D.G., frappa un coup bref et entra sans attendre de réponse.

Surpris, Andreo leva les yeux de son ordinateur. Il sourit largement. Ainsi, elle s'était décidée à venir le voir. A la bonne heure ! Mais pourquoi diable portait-elle un tailleur trop grand pour elle ?

Son sourire irrésistible ébranla la détermination de Pippa qui s'arrêta net, captivée par la beauté virile de son visage et l'éclat mordoré de ses yeux noirs. Des images infiniment érotiques noyèrent sa colère et elle se retrouva comme la veille au soir, rougissante et chavirée comme une adolescente.

— Philly…

Andreo se leva souplement et tendit la main vers elle. Le prénom qu'il avait murmuré de sa voix profonde suffit à rompre le charme.

— Je m'appelle Pippa, corrigea-t-elle d'un ton sec. Pippa Stevenson. Andreo… Pourquoi m'avez-vous menti ?

Il laissa retomber sa main.

— Je ne vous ai pas menti.

— Vous ne m'avez pas détrompée quand vous avez compris que j'ignorais qui vous étiez. Vous auriez mieux fait de me laisser tranquille.

— Vous n'aviez pas très envie que je vous laisse tranquille, *cara mia…*

Exaspérée, Pippa releva le menton et inspira profondément.

— Vous êtes mon patron. Il me semble que j'avais le droit de le savoir.

— *Dio mio…* Pourquoi faire tant d'histoires pour si peu ?

— Si peu ? répéta Pippa, piquée dans son orgueil.

Andreo l'enveloppa d'un regard ardent.

— Après ce qui s'est passé entre nous la nuit dernière, *carissima,* ce léger quiproquo n'est qu'un détail, il me semble, déclara-t-il en s'avançant vers elle.

Il tendit une main vers elle mais Pippa feignit d'ignorer l'invitation.

— Décidément, vous êtes encore pire que ce que je croyais ! lança-t-elle, furieuse contre Andreo qui s'était amusé à ses dépens, furieuse contre elle qui s'était naïvement jetée dans la gueule du loup.

Le visage d'Andreo s'assombrit.

— Que voulez-vous dire par là ?

Pippa fixa un point invisible sur le mur, redoutant que les larmes qui picotaient de nouveau ses paupières jaillissent sans crier gare.

Des larmes de rage et de déception. Ainsi, elle s'était trompée, Andreo n'était pas celui qu'elle croyait.

— Je n'aurais jamais passé la nuit avec vous si j'avais su que vous étiez mon patron. Ça peut vous paraître ridicule mais je n'ai pas l'habitude de mêler le plaisir au travail.

Andreo exhala un long soupir.

— Moi non plus, figurez-vous. Ceci dit, je ne regrette absolument pas ce qui s'est passé. J'ai passé une nuit magique dans vos bras, *cara*. Je n'ai pas l'impression d'avoir commis une erreur. Le fait que je sois pour le moment votre employeur n'a absolument rien à voir avec ce que nous avons vécu. Je dirige de nombreuses entreprises, vous savez, des milliers de salariés travaillent pour moi et je ne resterai pas longtemps à la tête de Venstar. Notre relation n'influencera aucunement votre avenir au sein de l'entreprise, soyez sans crainte.

Pippa laissa échapper un rire ironique.

— Ah oui, vous croyez ? A votre avis, quelle sera la réaction de mes collègues si l'un d'entre eux fait le rapprochement entre moi et la mystérieuse jeune femme rousse qui vous servait de cavalière hier soir ? Heureusement que personne ne m'a reconnue, ajouta-t-elle d'une voix teintée d'amertume. Je me suis vraiment comportée comme une idiote !

Vif comme l'éclair, Andreo referma les mains sur celles de la jeune femme, l'obligeant à rester tout près de lui.

— C'est faux, et je ne comprends pas pourquoi vous dites ça. Ça ne s'est pas passé ainsi entre nous. Nous avons fait connaissance, nous avons succombé au désir…

— Ce n'est pas si simple, hélas…

Andreo plongea son regard dans le sien.

— Ça pourrait l'être si vous le souhaitiez vraiment, *cara*.

Sentant sa volonté fondre comme neige au soleil, Pippa retira brusquement ses mains.

— Vous ne comprenez pas ce que je ressens, Andreo ! Vous

vous êtes fait passer pour un autre ! L'homme que j'ai suivi dans sa chambre d'hôtel n'existe pas. Croyez-moi, jamais je n'aurais cédé à un play-boy arrogant et sexiste !

Elle fit un pas vers la porte mais Andreo lui barra le passage. Ses yeux sombres lançaient des éclairs.

— Vous feriez bien de développer un peu vos attaques car je ne suis pas sûr de vous suivre.

La gorge sèche, Pippa soutint son regard sans ciller. La douleur qui lui étreignait le cœur renforça son ressentiment et sa détermination à exprimer le fond de sa pensée.

— Je n'ai pas eu la promotion que j'espérais à cause de vous, débita-t-elle d'un trait. J'ai entendu un des cadres que vous avez rencontrés à Naples dire à un autre que ma photo vous avait fortement déplu. Vous savez, la photo de groupe parue dans le bulletin d'entreprise. Toujours d'après lui, vous jugez préférable d'attribuer les postes-clés à de jeunes créatures sexy.

— C'est un tissu de mensonges, déclara Andreo avec véhémence.

Pippa Stevenson ? Ce nom ne lui était pas inconnu, en effet. Elle avait mentionné le bulletin d'entreprise… Sourcils froncés, il feuilleta les documents étalés sur son bureau à la recherche de l'exemplaire qu'il avait conservé.

— J'avais postulé au titre de directrice du service financier, poursuivit Pippa d'un ton moins assuré. Dans les faits, cela faisait plusieurs mois que j'occupais cette fonction et j'avais toutes les raisons d'espérer que le poste me serait officiellement confié à court terme. Au lieu de quoi, c'est une autre qui l'a décroché… Mon assistante… qui n'a pas les compétences requises mais qui est mille fois plus attrayante que moi, c'est évident…

— *Dio mio…* Avouez tout de même que cette photo ne joue pas en votre faveur ! Pour être franc, je ne sais pas si je vous aurais reconnue là-dessus, confia Andreo, incrédule. Ceci dit, je me suis simplement contenté de formuler une remarque sur votre tenue vestimentaire, ce fameux jour, à Naples. Je n'ai jamais dit que je préférais voir des femmes sexy aux postes d'encadrement, je vous en donne ma parole. J'ai seulement fait remarquer que votre tenue était un peu négligée à mon goût...

— Pardon ? s'écria Pippa, interloquée.

— Je suis désolé mais c'est la vérité. Votre apparence n'est pas des plus soignées sur cette photo, répéta Andreo en examinant le cliché, sourcils froncés.

En quelques enjambées, Pippa fut près de lui et d'un geste sec, elle lui arracha le journal des mains. Négligée, sa tenue ? Elle n'en croyait pas ses oreilles !

— Que me reprochez-vous, au juste ?

— Je ne devrais même pas avoir besoin de vous le dire. Vos cheveux, d'abord... Regardez-moi ça... Ils partent dans tous les sens, fit Andreo en pointant le doigt sur les boucles rebelles qui auréolaient son visage.

— Négligée..., répéta Pippa d'une voix sourde.

Andreo opina du chef.

— Il manque un bouton à votre veste et votre pantalon est tout froissé... A croire que vous aviez dormi toute habillée ! Je suis navré de vous dire ça mais vous n'êtes pas très élégante sur cette photo. C'est tout ce que j'ai dit lors de notre réunion à Naples.

En entendant ces reproches, Pippa avait blêmi. Son cœur se serra douloureusement. La photo avait été prise à peine une semaine après le décès de son père et elle se souvenait encore s'être jointe en toute hâte au petit groupe, sans avoir eu le temps de reprendre son souffle après avoir été retenue par un important coup de fil. Elle portait ce jour-là un vieux tailleur-pantalon, pas très seyant, elle en convenait. Malgré tout, les critiques d'Andreo la blessaient profondément.

— Je vous assure que je n'ai rien dit d'autre, insista Andreo en se jurant *in petto* qu'il ne formulerait plus jamais de critique de ce genre sans avoir tourné sept fois sa langue dans sa bouche. Je vous demande de me croire, conclut-il d'un ton solennel.

Un rire sans joie s'échappa des lèvres de Pippa.

— Ce n'est pas si simple que ça, désolée. Vous êtes mon patron et il ne se serait rien passé entre nous si je l'avais su, répéta-t-elle en essayant en vain de se dérober à son regard magnétique. Et puis, pour votre information, le terme « négligé » désigne quelqu'un de pas très propre sur lui. Or j'ai toujours eu une hygiène irréprochable et…

— Je n'ai jamais prétendu le contraire, coupa Andreo avec une pointe d'amusement dans la voix. Si j'ai choisi le mauvais qualificatif, je vous prie de bien vouloir m'excuser. Peut-être aurais-je dû dire… « débraillée »… ?

— C'est encore pire ! protesta Pippa. Mais… que faites-vous ?

Elle frissonna violemment lorsque les bras d'Andreo se refermèrent sur elle.

— Dites-moi en me regardant dans les yeux que vous n'en avez pas envie, murmura-t-il en l'attirant contre lui.

Les joues en feu, Pippa sentit sa poitrine frémir de plaisir au contact du torse vigoureux d'Andreo.

— Ne me regardez pas comme ça, fit-elle d'une voix implorante.

Avec un rire rauque, il inclina le visage et força le barrage de ses lèvres.

— Il faut que nous parlions, tous les deux, chuchota-t-il contre sa bouche. Si nous remplacions notre dîner par un déjeuner, *cara*…

— Non…

— Je n'aurai pas la patience d'attendre jusqu'à ce soir, murmura-t-il avant de dessiner du bout de la langue le contour des lèvres tremblantes de la jeune femme.

— Arrêtez, je vous en supplie… ma carrière et ma réputation sont en jeu, vous comprenez…, protesta Pippa d'une voix entrecoupée.

Le parfum musqué de sa peau, terriblement enivrant, lui donnait le vertige et elle dut fournir un effort surhumain pour se retenir de répondre aux caresses exquises de sa bouche tentatrice.

— *Amore*… il n'y a vraiment pas de quoi en faire une montagne… Qu'en pensez-vous ?

Les intonations sensuelles de son accent italien attisèrent le désir qui bouillonnait en elle.

— Tout au fond de vous, vous savez déjà que vous finirez par pardonner les fautes que j'ai soi-disant commises.

Pippa se raidit. Quelle arrogance, vraiment ! Des larmes de frustration et de fureur mêlées jaillirent brusquement de ses yeux. Sans réfléchir, elle les essuya d'un revers de main.

— Oh, non ! gémit-elle soudain. Ne bougez surtout pas… J'ai perdu une lentille de contact !

Andreo s'accroupit à son tour. L'instant d'après, il ramassait la lentille, égarée sur une lame du parquet ciré.

— Je l'ai, murmura-t-il en déposant le minuscule objet sur une feuille de papier qu'il replia soigneusement. Alors comme ça, vous portez des lentilles…

Ce petit intermède avait permis à Pippa de se ressaisir. Elle releva la tête, le menton fièrement pointé en avant.

— Je n'ai aucune intention de vous pardonner, déclara-t-elle d'un ton ferme. Je ne veux plus jamais vous revoir. En fait, j'aimerais effacer de ma mémoire tout ce qui s'est passé la nuit dernière.

— Ne soyez pas ridicule, enfin. Pensez plutôt aux moments de plaisir intense qui nous attendent encore si vous acceptez mon invitation à dîner ce soir, *bella mia*.

— Pourquoi refusez-vous systématiquement de m'écouter ? demanda Pippa, toujours accroupie, en rangeant l'enveloppe improvisée dans la poche de sa veste.

— Que cela vous plaise ou non, sachez que vous vous êtes

engagée dans une aventure à long terme lorsque vous avez accepté de partager mon lit la nuit dernière, déclara Andreo en dardant sur elle un regard implacable. Les choses sont pourtant simples, il me semble : j'ai envie de vous, et vous avez envie de moi. Bien que je n'arrive pas à croire que vos collègues ne vous aient pas reconnue à la soirée d'hier, je suis d'accord pour observer la plus grande discrétion sur le lieu de travail, si c'est ce que vous souhaitez.

— Ne me tentez pas, je vous en prie, coupa Pippa d'un ton réprobateur tandis qu'imperceptiblement, son corps se rapprochait de celui d'Andreo, comme attiré par un aimant. Il est hors de question que je perde mon temps avec un homme qui ne trouve rien de mieux que d'offrir à ses conquêtes des accessoires érotiques totalement avilissants !

Andreo fronça les sourcils, visiblement perplexe.

— Des accessoires érotiques ? répéta-t-il tandis qu'un sourire amusé se dessinait sur ses lèvres.

Submergée par une nouvelle bouffée de colère, Pippa le gratifia d'une œillade assassine.

— Vous savez parfaitement de quoi je parle... Souvenez-vous, la paire de menottes incrustées de diamants... J'ai lu vos exploits dans un journal, conclut-elle d'un ton guindé.

— Vous devriez avoir honte de lire de genre de torchon, *cara mia,* répliqua Andreo, impassible.

Un sourire espiègle aux lèvres, il se redressa en lui tendant la main pour l'aider à se lever. Au même moment, la porte du bureau s'ouvrit et une voix masculine s'adressa à Andreo dans sa langue maternelle. Horrifiée, Pippa se jeta sous le bureau où elle se recroquevilla sur elle-même à la manière d'un chat qui se roule en boule.

Au prix d'un effort, Salvatore Rissone feignit de ne pas remarquer la jeune femme qui se cachait désespérément sous le bureau de verre fumé d'Andreo.

— Fais comme si elle était invisible, lança Andreo en italien.

— Puis-je te demander ce qu'elle fabrique ici ? risqua son ami d'enfance, imperturbable.

— Elle essaie juste de s'épargner la honte qui s'abattrait sur elle si quelqu'un la surprenait dans mon bureau. Elle est d'une nature très angoissée, enchaîna-t-il. C'est une hypersensible.

Son instinct commanda à Salvatore de ne pas s'appesantir sur la situation plutôt cocasse. A l'évidence, Andreo trouvait attirante la « nature très angoissée » de sa compagne et son hypersensibilité. Ce bourreau des cœurs tentait visiblement de justifier avec véhémence le comportement plutôt étrange de la charmante créature tapie sous son bureau… Salvatore réprima à grand-peine un sourire. Il avait hâte d'appeler son épouse pour lui raconter tout ça !

Quelques secondes après son départ, Pippa consentit à sortir de sa cachette. Elle lissa son tailleur d'une main tremblante et, la tête haute, se dirigea vers la porte sans le moindre regard pour Andreo. A quoi bon s'éterniser ? Tout était dit, elle avait exprimé clairement ses sentiments. En outre, elle doutait sérieusement de sa capacité à résister plus longtemps au sex-appeal ravageur de son patron… Il valait mieux fuir, et le plus vite possible !

Au milieu de l'après-midi, incapable de se concentrer sur son travail, elle feuilleta ses dossiers d'un air absent. Malgré ses efforts pour le chasser de son esprit, Andreo occupait toutes ses pensées. Elle était furieuse contre sa propre naïveté, furieuse contre lui qui refusait d'admettre qu'il s'était conduit comme un goujat égoïste en dissimulant à dessein son identité. Ainsi, c'était ça la surprise qu'il avait eu l'intention de lui faire, au cours d'un romantique dîner en tête à tête…

Dire qu'elle n'avait pas hésité à lui offrir sa virginité ! Cette pensée la fit pâlir. Comment avait-elle pu accorder sa confiance à un homme qu'elle venait à peine de rencontrer ? Avec du recul, la légèreté de sa conduite la stupéfiait. N'avait-elle donc rien retenu de la douloureuse déconvenue qu'elle avait subie à l'âge de dix-sept ans ?

C'était au cours du dernier été qu'ils avaient passé en France. Pour la première fois de sa vie, Pippa était tombée éperdument amoureuse. Il s'appelait Pete. De quatre ans son aîné, il faisait ses études en France et habitait dans le village voisin de la vieille ferme qu'ils louaient pour les vacances. Il était blond, rieur, plein de charme. C'était aussi un passionné de motos. Pendant tout un mois, Hilary, Jen et elle étaient sorties avec Pete et sa bande de copains. Tabby avait également fait leur connaissance, mais à partir du moment où celle-ci avait rencontré Christian, la jeune fille avait passé tout son temps en compagnie de l'élu de son cœur.

Follement éprise de Pete, Pippa avait savouré chaque instant passé avec lui. Main dans la main, ils sillonnaient les villages alentours et échangeaient de fiévreux baisers dès qu'ils se retrouvaient seuls. Pete l'écoutait avec intérêt parler de sa vie en Angleterre. En sa présence, elle se sentait belle, vivante. Sans doute aurait-elle dû se demander pourquoi il l'encourageait souvent à exprimer l'inquiétude qu'elle éprouvait pour Tabby, embarquée dans sa sulfureuse aventure avec Christian. Avec son opulente chevelure couleur caramel et sa silhouette aux courbes voluptueuses, Tabby plaisait aux hommes, mais elle n'en avait cure. Seul Christian comptait à ses yeux.

Un jour où ce dernier s'était absenté pour régler une affaire urgente, Tabby avait accepté de partir en balade avec leur petit groupe. Ce jour-là, Pete l'avait prise à l'arrière de sa moto. S'efforçant de ne rien laisser paraître de sa contrariété, Pippa avait suivi le reste de la troupe. Pete voulait juste se montrer gentil avec son amie, il n'y avait vraiment pas de quoi s'inquiéter, s'était-elle dit. Mais lorsque celui-ci avait embrassé Tabby devant elle, elle avait eu l'horrible impression que la terre s'arrêtait de tourner. Au prix d'un effort surhumain, elle avait tout de même réussi à masquer son chagrin. C'était une question de fierté.

De son côté, Tabby ignorait que son amie s'était amourachée de Pete. « Je me suis senti très gênée quand il m'a fait des avances, avait-elle confié plus tard. Il m'a avoué qu'il avait attendu ce moment-là tout l'été. Sur le coup, ce pauvre garçon m'a fait de la peine... Il n'y a qu'un seul homme dans ma vie, tu sais, et c'est Christian. »

Le plus dur pour Pippa avait été de feindre l'indifférence face à l'humiliation que lui avait infligée Pete. Il ne s'était intéressé à elle que dans l'espoir de se rapprocher de Tabby. Après cette mésaventure, le peu de confiance que Pippa plaçait dans les hommes s'était considérablement amoindri...

Emergeant lentement de ces tristes souvenirs, Pippa posa un regard éberlué sur le livreur qui se tenait devant elle, les bras chargés d'une gigantesque corbeille de fleurs.

— Dis donc ! s'écria Jonelle avec entrain. C'est ton anniversaire ou quoi ?

La bouche sèche, Pippa se redressa pour détacher l'enveloppe agrafée à l'anse de la corbeille. Elle l'ouvrit d'une main tremblante.

« Envoyez-moi votre adresse par SMS. Pouvez-vous finir + tôt ? »

Il n'y avait pas de signature, c'était inutile. En proie à des émotions contradictoires, Pippa se rassit. Mieux valait ignorer le geste et le message. Pourtant, l'envie d'attraper son portable pour lui envoyer son adresse la démangeait horriblement. Jamais encore un homme ne s'était donné autant de mal pour la conquérir !

— Un appel pour toi, Pippa, annonça Jonelle en lui tendant le combiné qui se trouvait à présent sur le bureau de Cheryl.

— Sommes-nous vraiment obligés de jouer à cache-cache ? dit Andreo sans ambages. Ma grand-mère anglaise avait coutume de dire : « Il faut dire la vérité et au diable ses conséquences ! »

— Quel dommage que sa sagesse n'ait pas déteint sur vous,

railla Pippa en enroulant nerveusement une boucle de cheveux autour de son index.

— J'ai chassé toute mon équipe de la salle du conseil d'administration pour pouvoir vous appeler tranquillement…

— Je ne vous ai pas demandé de le faire, coupa Pippa tandis qu'un sourire satisfait naissait sur ses lèvres.

— Rends-moi *mon* téléphone, j'en ai besoin !

Sans ménagement, Cheryl lui arracha le combiné et coupa la communication d'un geste rageur.

Pippa se tourna vers elle, interdite.

— Tu n'avais aucune raison de faire ça…

— Ah oui, tu crois ? répliqua Cheryl en la foudroyant du regard. Grâce à toi, je viens de subir la pire humiliation de ma vie !

— Pardon ?

A cet instant, Pippa remarqua les joues en feu de la jolie brune et ses yeux pleins de larmes.

— Je viens de terminer ma présentation et ce sale prétentieux d'Andreo d'Alessio m'a bombardé de questions tellement pointues que j'étais incapable de lui répondre… Il m'a fait passer pour une véritable idiote… Tout ça, c'est ta faute : tu n'as rien fait pour m'aider ! conclut-elle avant de fondre en larmes.

Dans le silence gêné qui suivit sa diatribe, Ricky Brownlow fit son apparition. Une expression mi-gênée, mi-compatissante se lisait sur son visage.

— Mlle Long est contrariée, elle ne sait pas ce qu'elle dit. Pippa… euh… je suis désolé. Je ne doute pas un instant que Cheryl vienne vous présenter ses excuses dès qu'elle aura recouvré son calme.

Sur ce, il entraîna la jolie brune éplorée dans son bureau.

— Depuis quand Ricky se préoccupe-t-il tant des états d'âme de Cheryl ? demanda une voix goguenarde.

— Elle vient enfin de découvrir qu'elle n'est pas qualifiée pour le poste de Pippa… bien fait pour elle ! lança Jonelle. Pour être franche, je n'arrive toujours pas à comprendre ce qui lui a pris de poser sa candidature !

Au même instant, le téléphone portable de Pippa sonna mais elle s'empressa de l'éteindre. C'était très probablement Andreo et elle ne se sentait pas la force de lui répondre. Enfouissant l'appareil au fond de son sac, elle retourna à ses dossiers. Une heure plus tard, alors qu'elle était sur le point de quitter le bureau, Cheryl s'approcha d'elle, le nez et les yeux encore rougis par les larmes. D'une voix qui dissimulait mal son amertume, elle murmura quelques paroles d'excuse.

Pippa les accepta de bonne grâce. De toute façon, sa décision était prise et elle serait irrémédiable : ses jours au sein de Venstar étaient comptés, elle ne ferait bientôt plus partie de l'entreprise.

En entrant dans la jolie maison mitoyenne que lui avait léguée son père, Pippa commença par commander une pizza. Puis elle libéra ses cheveux, passa une main dans ses boucles et troqua son tailleur contre un jean et un T-shirt. Après s'être préparé une tasse de thé, elle téléphona à son amie Tabby pour lui demander si elle pouvait passer quelque temps avec elle et son mari dans leur propriété en Bretagne.

— Je n'arrive pas à croire que tu te sois enfin décidée à prendre des vacances ! s'écria Tabby, ravie. Tu es la bienvenue chez nous, Pippa, ce n'est pas nouveau, tu le sais bien ! Tout à fait franchement, je commençais à désespérer de te voir ici un jour…

Après la journée éprouvante qu'elle avait passée au bureau, l'enthousiasme de son amie réchauffa le cœur de Pippa. Lorsqu'elle eut raccroché, elle promena son regard sur les meubles familiers, les tableaux qu'elle connaissait depuis toujours. Une évidence la frappa de plein fouet : l'existence qu'elle menait ne lui apportait aucune satisfaction. Elle en avait assez de cet aliénant train-train. Sans doute était-ce précisément pour cela qu'elle s'était jetée dans les bras d'Andreo d'Alessio, oubliant tous les principes qui régentaient jusqu'alors sa petite vie étriquée. Il y avait ça et le brandy qu'elle avait bu chez Hilary… Et puis l'attirance irrésistible, presque animale qu'elle avait éprouvée à l'instant même où elle avait posé les yeux sur lui.

Pour la première fois de sa vie, elle avait eu envie d'aventure, de folie, d'inédit. Pour la première fois de sa vie, elle s'était senti poussée par un incroyable vent d'audace. Jusque-là, tout était tellement raisonnable, tellement carré !

Un soupir s'échappa de ses lèvres. Dans douze jours, elle serait en Bretagne, chez Tabby. Une idée germa dans son esprit. Pourquoi ne profiterait-elle pas de son séjour pour chercher du travail en France ? Elle pourrait peut-être démarrer une nouvelle vie là-bas, sur la terre natale de sa mère…

Aussitôt, ses pensées s'emballèrent. Après tout, rien ne la retenait ici, elle était libre de ses mouvements, libre de ses choix. Elle pourrait toujours louer sa maison à Londres en attendant d'avoir complètement tourné la page. Grâce à sa mère, elle était parfaitement bilingue, autant exploiter cette chance. En toute objectivité, repartir de zéro de l'autre côté de la Manche serait, somme toute, assez facile pour elle.

Le carillon de la porte d'entrée l'arracha à ses spéculations. Salivant déjà à l'idée de savourer une délicieuse part de pizza, elle alla ouvrir d'un pas léger. Mais à peine eut-elle ouvert la porte que son sourire se figea. Sous le coup de la surprise, elle recula d'un pas.

Profitant de sa stupeur, Andreo poussa la porte et pénétra dans l'entrée. Plus imposant que jamais, il promena son regard acéré autour de lui et esquissa un sourire en apercevant la corbeille de fleurs qu'elle avait posée sur la console de l'entrée. Puis, il reporta son attention sur elle et fronça les sourcils.

— Vous n'êtes pas encore prête, *cara*, observa-t-il de sa voix profonde.

— Je ne suis pas prête parce que… parce que je n'ai pas l'intention de sortir, balbutia Pippa, sentant une fois de plus ses joues s'enflammer sous son regard pénétrant. Je vous ai déjà dit que… C'est incroyable, tout de même, pourquoi êtes-vous aussi têtu ?

5.

Andreo se retint d'éclater de rire. C'était elle qui lui posait cette question ? Elle ne manquait décidément pas de toupet !

Son regard glissa sur la jeune femme et instantanément, une vague de désir le submergea. Elle ne ressemblait pourtant en rien aux créatures élégantes et sophistiquées qu'il appréciait d'habitude, non. Pippa possédait une beauté naturelle, sans fard, qui le bouleversait. Ses boucles en désordre encadraient son visage dépourvu de maquillage, elle était pieds nus, simplement vêtue d'un jean délavé et d'un vieux T-shirt qui épousait divinement les courbes de sa silhouette longiligne. Ses yeux brillaient comme deux saphirs, ses lèvres rappelaient de délicats pétales de rose. En voyant ses tétons pointer sous la fine étoffe du T-shirt, il tressaillit, luttant à grand-peine contre l'envie de la soulever dans ses bras et de l'emmener jusqu'au lit le plus proche.

— J'ai très envie de vous, *bella mia*.

Pippa retint son souffle.

— Pourquoi dites-vous ça ? murmura-t-elle en défaillant légèrement.

Elle posa une main contre le mur pour y prendre appui et vit les pupilles d'Andreo se rétrécir.

— Alors je recommence : j'ai une faim de loup, déclara-t-il d'un ton faussement guindé.

— Menteur ! s'écria Pippa.

Il esquissa un sourire.

— J'essayais simplement de faire preuve d'un peu de patience. C'est la règle de base d'une bonne éducation, n'est-ce pas ?

Soutenant son regard brûlant, Pippa haussa les épaules.

— Ne vous donnez pas cette peine pour moi.

Andreo arqua un sourcil ironique.

— Préférez-vous que je vous dise la vérité, toute la vérité, rien que la vérité ? Depuis ce matin, je ne pense qu'à une seule chose : vous entraîner dans mon lit pour satisfaire enfin le désir qui me consume à petit feu… Vous me faites tourner la tête, *amore…*

— J'ai du mal à le croire, désolée.

— C'est pourtant la vérité. Ce que j'ai découvert dans vos bras la nuit dernière était tout simplement…

— Sexuel, compléta-t-elle avec un détachement qu'elle était loin d'éprouver.

Le beau visage d'Andreo s'assombrit et Pippa sentit son cœur se serrer. Avait-elle dépassé les bornes ? Elle n'arrivait pas à le croire. Après tout, sa réputation de séducteur devançait Andreo partout où il passait.

— C'est faux ! objecta-t-il avec véhémence. Nous avons vécu un moment exceptionnel, tous les deux. Vous étiez vierge et…

Pippa pâlit, assaillie par un mélange de colère et d'embarras.

— Est-il vraiment nécessaire de me le rappeler ?

— Oui. Après tout, vous m'avez *choisi* comme premier amant et c'est important pour moi, déclara Andreo en l'enveloppant d'un regard intense.

Comme le visage de Pippa reprenait de jolies couleurs, il poursuivit :

— Sur le moment, j'ai eu peur que vous ne regrettiez votre décision mais il est un peu tard à présent. Ne nous embarrassons pas de vaines querelles, *cara mia*.

— Vous êtes le premier, c'est vrai, mais cela ne signifie rien pour moi, mentit Pippa avec un aplomb dont elle ne se serait pas crue capable.

En moins de vingt-quatre heures, grâce à la ravissante jeune femme rousse qui se tenait devant lui, Andreo avait appris à passer de la fureur à l'attendrissement en quelques secondes et ces brusques revirements d'humeur ne cessaient de le surprendre. En cet instant, il lut distinctement dans ses grands yeux tristes qu'elle ne disait pas la vérité.

— Dans ce cas, pourquoi me regardez-vous comme ça ? risqua-t-il à mi-voix.

Pippa ne répondit pas, gagnée par un trouble grandissant. Un sourire enjôleur se dessina sur les lèvres d'Andreo.

— Votre regard trahit tout le désir que vous éprouvez pour moi, *bella mia*.

— C'est bien ce que je disais : il ne s'agit là que d'une attraction purement physique, rien que je ne puisse étouffer sur commande ! riposta la jeune femme.

Comme un félin fond sur sa proie, Andreo s'approcha d'elle. Ses yeux noirs étincelaient dans son visage aux traits nobles et volontaires.

— Allez-y... Etouffez-moi, murmura-t-il en penchant la tête pour s'emparer de ses lèvres.

Pendant une fraction de seconde, Pippa demeura sans réaction, telle une poupée de chiffon, entre ses bras vigoureux. Puis, incapable de résister plus longtemps à l'appel de ses sens, tremblant violemment, elle posa les mains sur ses larges épaules et se plaqua contre lui pour mieux goûter les caresses de sa bouche sensuelle.

Andreo s'écarta légèrement. A bout de souffle, il murmura quelques mots d'italien. Ses yeux noirs pailletés d'ambre cherchèrent les siens avant de glisser sur ses lèvres frémissantes.

— Que disiez-vous ? dit-il dans un murmure.

En proie à un terrible sentiment d'abandon, Pippa émit un

gémissement implorant. Ses doigts se perdirent dans la masse de ses cheveux de jais, comme elle le forçait à incliner la tête vers elle.

— Embrassez-moi encore, ordonna-t-elle d'une voix langoureuse qu'elle reconnut à peine.

Ils gémirent à l'unisson lorsque leurs lèvres se rencontrèrent de nouveau dans un baiser à la fois tendre et passionné. Le temps suspendit son vol. Il n'y avait plus qu'eux, étroitement enlacés, unis par un désir d'une intensité inouïe. Pippa laissa échapper un petit cri de protestation lorsque la sonnerie du téléphone retentit tout près d'eux. Non… C'était si bon et si frustrant à la fois de devoir s'arracher aux lèvres d'Andreo…

— C'est douloureux, n'est-ce pas ? chuchota ce dernier en croisant son regard embué.

Pippa hocha la tête, émerveillée par l'intensité des sensations qu'il faisait naître en elle. Il effleura sa nuque d'une douce caresse, comme pour la consoler. Au même instant, le répondeur se déclencha et une voix d'homme, profonde et posée, s'exprima en français.

— Pippa ? C'est Christian à l'appareil. J'aimerais beaucoup te parler…

Pippa releva aussitôt la tête, au comble de l'étonnement. Le mari de Tabby n'avait pas pour habitude de l'appeler personnellement… En fait, c'était même une première ! Gagnée par une sourde angoisse, elle se libéra de l'étreinte d'Andreo et se précipita sur le téléphone.

— Christian ?

Ce dernier la rassura sur-le-champ : il appelait uniquement pour régler quelques détails concernant son prochain séjour en France. Ayant prévu de se rendre à Londres le jour où elle devait quitter la capitale anglaise, il proposait de la ramener en Bretagne dans la soirée.

Il avait également une faveur à lui demander : accepterait-elle de l'aider à choisir quelques vêtements de grossesse pour Tabby dans la boutique préférée de celle-ci ? Incarnation vivante du chic parisien, Christian n'avait encore jamais réussi à offrir à son épouse une tenue qui puisse correspondre à son style fantaisiste…

— Tabby est encore enceinte ? Dieu du ciel…, s'exclama Pippa en s'efforçant de garder un ton neutre.

Etait-ce bien raisonnable ? Agée de vingt-trois, son amie était déjà l'heureuse maman de deux bambins ! Après tout, songea Pippa en retenant une moue réprobatrice, cela ne la regardait pas. Si Tabby était heureuse comme ça… et elle l'était, cela ne faisait aucun doute. Heureuse, choyée, cajolée par un mari tendre et aimant… N'était-ce pas l'essentiel ?

— Elle te racontera tout ça quand tu seras à la maison, répondit Christian avec son calme coutumier.

Il ajouta avec un humour pince-sans-rire :

— Et j'espère qu'une virée shopping en ma seule compagnie ne t'effraie pas trop.

Sous le regard inquisiteur d'Andreo, Pippa s'empourpra violemment. Tabby était encore adolescente lorsque Christian l'avait séduite, avant de lui briser le cœur. Si les malentendus et les désaccords du passé s'étaient définitivement dissipés deux ans plus tôt, Pippa n'avait jamais, jusqu'à présent, réussi à vraiment sympathiser avec l'époux de son amie. Mais jamais elle n'aurait imaginé que Christian avait deviné ses réticences à son égard.

— Ne sois pas idiot, enfin. Ta femme est mon amie, tu le sais bien…

— Absolument ! Tu n'auras qu'à penser très fort que c'est pour elle et uniquement pour elle que tu endures cette épreuve, répliqua-t-il d'un ton légèrement sarcastique. Ne t'inquiète pas, Pippa, je sais très bien que ton hostilité n'a rien de personnel. Tu te méfies des hommes en général, me semble-t-il.

Blessée dans son orgueil, Pippa se précipita dans la cuisine afin de lui clouer le bec sans qu'Andreo puisse l'entendre.

— Pour ta gouverne, sache que je vis en ce moment une liaison passionnée avec un bel Italien ! lança-t-elle avec insolence.

Un rire amusé lui répondit. Après lui avoir assuré qu'il était ravi pour elle et que Tabby avait hâte de la voir, Christian lui fixa rendez-vous le jour convenu et raccrocha. Consternée par son emportement puéril, Pippa regagna le hall d'entrée.

Andreo l'attendait, en proie à des émotions à la fois violentes et mitigées. Il avait suivi une bonne partie de la conversation. D'abord surpris d'entendre Pippa s'exprimer dans un français irréprochable, sans aucune trace d'accent, son humeur s'était vite assombrie. Qui donc était ce Français avec qui elle bavardait familièrement ? Pourquoi diable avait-elle pris cet air coupable au beau milieu de leur conversation ? D'après ce qu'il avait entendu, ce fameux Christian était l'époux de son amie. Alors, pourquoi avait-elle paru contrariée en apprenant que celle-ci était de nouveau enceinte ? N'était-ce pas au contraire le genre de nouvelle dont on se réjouissait ?

Une sombre idée lui traversa l'esprit : était-il possible qu'elle soit secrètement amoureuse du mari de son amie ? A partir de là, tout s'enchaîna très vite et sa colère alla crescendo. *Dio mio...* Andreo serra les poings tandis que ses pensées prenaient un tour insupportable. L'avait-elle choisi lui, Andreo d'Alessio, dans le simple espoir de se venger de cet homme qui la berçait d'illusions sans avoir le courage d'aller au bout de ses promesses ?

Le cœur battant, la gorge nouée, Pippa contempla le profil fier et ténébreux d'Andreo. Quelques minutes plus tôt, elle avait imploré ses baisers, en proie à un désir incontrôlable...

La voix sèche de son compagnon sonna comme un coup de fouet.

— Y a-t-il quelqu'un dans votre vie ? demanda-t-il.

— Pourquoi me posez-vous cette question ? murmura Pippa, interdite.

Andreo darda sur elle un regard pénétrant qui la fit tressaillir.

— Répondez à ma question ?

— Non... bien sûr que non... J'ignore pourquoi vous insistez, murmura-t-elle en souriant presque à l'idée qu'il semblait la prendre pour une grande séductrice — inexpérimentée, certes, mais femme fatale tout de même.

Andreo enfonça ses poings dans les poches de son pantalon en toile. Elle lui mentait... D'un autre côté, son regard trahissait une telle candeur, une telle innocence ! Comme il la fixait sans ciller, elle rougit et finit par baisser les yeux. A son grand désarroi, une nouvelle bouffée de désir monta en lui.

Les joues en feu, Pippa avoua dans un souffle :

— Je... Vous me plaisez beaucoup...

Andreo haussa les épaules. Un petit muscle tressauta sur sa mâchoire tandis que son regard se durcissait.

— Vous venez de dire que c'était une histoire purement sexuelle entre nous, *amore*. Je m'en contenterai volontiers.

Pippa blêmit. Pour sa part, elle désirait davantage. Elle rêvait d'une idylle tendre et passionnée, d'un avenir plein de promesses et de sérénité... d'un grand mariage... Elle secoua la tête, rattrapée par la réalité. Que lui arrivait-il, bon sang ? En présence d'Andreo, son esprit divaguait, son imagination s'emballait de manière tout à fait grotesque ! Exaspérée par sa propre faiblesse, elle se dirigea vers la porte qu'elle ouvrit à toute volée.

— Vous êtes mon patron. Nous ferions mieux d'en rester là, déclara-t-elle d'un ton glacial qui la surprit elle-même.

Le visage d'Andreo se ferma. L'espace d'un instant, elle crut qu'il allait la prendre dans ses bras pour l'obliger à regarder la vérité en face : aucun d'eux ne pouvait ignorer l'incroyable attirance qu'ils éprouvaient l'un pour l'autre. C'était une pure illusion de vouloir prétendre le contraire. Déjà, ses lèvres s'entrouvraient tandis que de délicieux frissons lui parcouraient le dos… Elle réprima à grand-peine un cri de protestation en voyant Andreo se diriger vers la porte. L'instant d'après, il avait disparu.

Une fois seule, Pippa se laissa glisser contre le mur, terrassée par un horrible sentiment de perte.

— Je dois absolument étudier les dossiers en cours, déclara Cheryl le lendemain matin.

La jeune femme était visiblement remise de ses émotions, se dit Pippa.

— Il va donc falloir que tu me remplaces à la réunion d'aujourd'hui, acheva Cheryl.

A présent qu'elle avait décidé de donner sa démission, Pippa acceptait de bonne grâce les exigences de sa supérieure. Dans quelques jours, elle quitterait l'ambiance irrespirable de ce bureau pour ne jamais y remettre les pieds ! Rassérénée par cette perspective, elle ramassa ses notes et se dirigea vers l'ascenseur, bientôt rejointe par Ricky Brownlow. Celui-ci s'éclaircit la gorge.

— C'est la direction qui a exigé que ce soit vous qui veniez présenter le financement des derniers projets, expliqua-t-il. Mlle Long était très intimidée, hier, et M. d'Alessio n'a pas caché sa contrariété.

Pippa retint son souffle. Ainsi, Andreo présiderait la réunion…

Elle l'aperçut dès qu'elle entra dans la pièce, aussi séduisant qu'intimidant dans un costume bleu marine qui accentuait encore sa carrure athlétique. Une chemise de soie gris perle et une cravate ornée de discrets motifs bordeaux complétaient sa tenue. Il dépassait d'une bonne tête les cadres et les directeurs qui l'entouraient.

Les talons des escarpins que Pippa avait retrouvés au fond de sa penderie cliquetèrent sur le parquet ciré.

Andreo se retourna aussitôt et suivit sa progression comme elle se dirigeait vers la grande table ronde. Ce qu'il vit l'enchanta et il dut faire un effort surhumain pour ne rien trahir des émotions troublantes qui l'envahirent : une grande jeune femme mince et gracieuse, dotée d'un visage aux traits ciselés... un teint de porcelaine... une cascade de boucles auburn qui flottait librement sur ses épaules et des yeux d'un bleu vif et perçant, qui brillaient comme deux pierres précieuses derrière les montures de ses lunettes.

Lorsque tout le monde fut installé, un silence chargé d'électricité s'abattit sur la pièce.

Sous le regard indéchiffrable d'Andreo, Pippa faillit perdre tous ses moyens. Heureusement, l'un des directeurs vint à son secours en lui posant une question précise et, retrouvant instinctivement son calme et son professionnalisme, elle se lança dans un exposé clair et détaillé des chiffres sur lesquels avait buté Cheryl.

Son intervention terminée, Pippa répondit de bonne grâce à toutes les questions qu'on lui posa puis, dans le silence qui suivit ses explications solidement argumentées, elle risqua un coup d'œil en direction d'Andreo. A son grand désarroi, une bouffée de désir l'envahit et elle se surprit à prier pour qu'il pose enfin son regard sur elle. Son indifférence et sa froideur la mettaient à la torture. Comme s'il avait deviné ses pensées, ses yeux noirs glissèrent brièvement sur elle. Pippa eut l'impression de recevoir une décharge électrique. Elle faillit sourire et elle baissa vivement les yeux. C'était une réunion de travail, il fallait absolument qu'elle reste concentrée jusqu'au bout !

— Vous possédez une parfaite maîtrise du domaine financier, déclara Andreo d'un ton approbateur.

Le compliment la fit rosir de plaisir. Il se leva enfin, bientôt imité par ses compagnons. Comme elle s'apprêtait à quitter la pièce, il lui ordonna de rester d'un petit signe de la main. Consciente de la curiosité à peine masquée de ses collègues, Pippa attendit qu'Andreo l'ait rejointe près de la porte.

— J'aimerais que nous dînions ensemble ce soir afin de discuter de votre avenir au sein de Venstar. Nous partirions directement du bureau… si cela vous convient, bien sûr.

— Euh… oui, c'est parfait, bredouilla Pippa avant de quitter la pièce en priant pour que ses jambes ne se dérobent pas sous elle.

De quoi s'agissait-il, au juste ? D'un dîner purement professionnel ? Après tout, n'était-ce pas elle qui avait insisté pour que leurs rapports se limitent à ça ? En l'occurrence, elle ne pouvait guère reprocher à Andreo de l'avoir mise mal à l'aise pendant la réunion. Il l'avait à peine regardée. Mais c'était encore pire que ce qu'elle avait imaginé… il se conduisait en patron et sa réserve la plongeait dans un désarroi indicible ! A quoi bon se voiler la face ? Elle ne supportait pas qu'il la traite comme n'importe quel autre employé. Un froid glacial l'enveloppait dès qu'il cessait de la regarder, de lui sourire.

En même temps, elle savait que la balle était dans son camp et c'était à elle de cerner ses envies, ses désirs profonds. D'accord, Andreo était un homme à femmes, un séducteur invétéré, un bourreau des cœurs… et alors ? Ne pouvait-elle pas savourer l'instant présent sans songer systématiquement au lendemain ? Et même s'ils vivaient une aventure uniquement charnelle… quelle importance, au fond ? Quelques heures de bonheur grappillées de-ci de-là valaient toujours mieux que le désert, non ?

Dans dix jours, elle ferait ses valises pour commencer une nouvelle vie en France. Pourquoi ne pas profiter pleinement du temps qu'il lui restait à passer ici ?

Si c'était elle qui posait les conditions, si c'était elle qui contrôlait la situation, elle ne souffrirait pas lorsque leur histoire toucherait à sa fin. Elle aurait vécu une parenthèse magique en connaissance de cause, il lui suffirait de tourner la page et le tour serait joué ! Involontairement, son menton se releva et ses yeux clairs pétillèrent de joie et d'excitation. Oui, voilà, elle savourerait Andreo comme on savoure une boîte de chocolats fondants avant de retourner à un régime plus équilibré !

« Vous aviez raison. J'ai envie de vous moi aussi ». Tel fut le texte du SMS qu'elle adressa à Andreo. Vite, très vite... avant que son courage l'abandonne.

Andreo traversait la ville à l'arrière d'une luxueuse limousine lorsqu'il reçut le message. Il lut le texte, sourcils froncés. Pour quelle raison avait-elle brusquement changé d'avis ?

En même temps, l'image de Pippa telle qu'elle lui était apparue un peu plus tôt, en salle de réunion, jaillit dans son esprit : son opulente chevelure embrasée par un rayon de soleil, ses yeux clairs et brillants, sa peau nacrée, opalescente... Il se raidit, tenaillé par le désir.

« A la bonne heure. Je vous vois à 19 heures » s'empressa-t-il de répondre.

L'assistante d'Andreo appela Pippa pour l'informer que ce dernier l'attendrait devant l'entrée située à l'arrière du bâtiment.

Pour la première fois de toute sa vie, Pippa passa le reste de l'après-midi à rêvasser béatement. Dix minutes avant l'heure du rendez-vous, elle se réfugia aux toilettes pour se recoiffer. Quelques minutes plus tard, elle émergeait de l'immeuble, en proie à un curieux mélange d'angoisse et d'euphorie. A peine eut-elle fait un pas sur le trottoir que le chauffeur d'une luxueuse limousine gris métallisé surgit pour lui ouvrir la portière. Contenant à grand-peine son étonnement, Pippa se glissa sur la banquette arrière.

Aussitôt, elle se sentit assaillie d'un doux vertige. Andreo l'enveloppait d'un regard brûlant. Il était beau comme un dieu, nonchalamment adossé au cuir fauve de la banquette.

— Alors comme ça, vous avez demandé à me voir, *bella mia,* chuchota-t-il d'une voix suave qui l'électrisa.

Sans attendre de réponse, il la prit dans ses bras et réclama ses lèvres pour un baiser avide, empreint de fièvre.

— Nous devons parler affaires, murmura-t-il en relâchant légèrement son étreinte, quelques minutes plus tard.

— Comment ça ?

La limousine s'immobilisa.

Andreo attendit d'être attablé en face d'elle, dans la charmante alcôve d'un restaurant à la mode, pour poursuivre leur conversation.

— Vous avez été victime d'une injustice flagrante au sein de Venstar. Si je suis responsable de cette bévue, fût-ce indirectement, je vous présente mes plus plates excuses. Malheureusement, la direction ne peut rétrograder un employé, même incapable d'assumer ses fonctions, que si elle possède des preuves solides de son incapacité à occuper le poste qui lui a été confié. Naturellement, un tel processus demande du temps et de la patience.

Il ponctua ces dernières paroles d'un sourire contrit.

— Dans l'immédiat, je ne vois donc qu'une seule solution : j'aimerais vous confier un poste à responsabilité dans une autre de mes entreprises.

A ces mots, Pippa se rembrunit.

— Je n'ai pas besoin de votre aide…

Il exhala un soupir impatient.

— Il ne s'agit pas de ça, figurez-vous. J'essaie simplement de réparer les torts qu'on vous a causés. Nuance.

Pippa sentit son visage s'enflammer. S'il se montrait aussi généreux, aussi prévenant, c'était uniquement parce qu'ils avaient couché ensemble et cette idée l'emplissait de honte.

Il était hors de question qu'elle accepte d'être rétribuée d'une manière ou d'une autre en échange de ses faveurs, c'était tout simplement odieux !

— Ce qui est fait est fait. Je me débrouillerai très bien toute seule.

— Vous excellez dans votre domaine, Pippa, j'aimerais sincèrement que vous trouviez un poste à la hauteur de vos compétences, insista Andreo.

— Douteriez-vous de mes capacités à décrocher un tel poste toute seule ? rétorqua-t-elle, en proie à une colère grandissante. Vous ne me devez rien, Andreo. Vous n'êtes pas responsable de moi, que je sache !

Andreo la considéra un long moment sans mot dire, parfaitement impassible. Finalement, un soupir résigné s'échappa de ses lèvres.

— Très bien, si c'est ce que vous souhaitez. Je respecterai vos décisions.

Contre toute attente, l'irritation de Pippa céda la place à un certain amusement.

— Ah oui, vraiment ? Même si vous les jugez totalement infondées et que vous détestez qu'on vous tienne tête ? Devrais-je ramper à vos pieds si je change d'avis ?

Le regard appréciateur d'Andreo s'embrasa d'un éclat possessif.

— Contentez-vous de me donner du plaisir, *amore*. Je ne pense qu'à ça depuis que nous nous sommes quittés.

Pippa sentit sa gorge se nouer en même temps qu'une onde de chaleur courait dans ses veines.

— Vous avez faim ? reprit Andreo d'un ton lourd de sous-entendus.

— Pas vraiment mais…

Sa voix se brisa. D'un mouvement souple, Andreo se leva et l'entraîna à sa suite. Trois minutes plus tard, ils sortaient du restaurant et se glissaient à l'arrière de la limousine. L'atmosphère se chargea d'électricité. A compter de cet instant, rien ni personne ne pourrait les empêcher d'assouvir le désir qui les tourmentait délicieusement.

6.

Pour profiter pleinement de son séjour à Londres, Andreo avait loué un appartement au dernier étage d'un immeuble cossu du quartier des affaires.

Il ouvrit la porte d'entrée et, mêlant ses doigts à ceux de Pippa, l'entraîna jusqu'à la chambre à coucher, aussi grande que le rez-de-chaussée de sa propre maison. Elle s'immobilisa au milieu de la pièce, soudain embarrassée.

— Chaque fois que je pose les yeux sur vous, je brûle d'envie de vous déshabiller, confia Andreo en se débarrassant promptement de sa veste et de sa cravate.

Pippa rougit jusqu'à la racine des cheveux.

— Heureusement que vous ne m'avez pas dit ça avant la réunion de ce matin. Vous aviez l'air tellement distant !

Andreo émit un rire suave.

— Vous savez pourquoi, à présent… J'ai une imagination extrêmement fertile. Comme tous les hommes, *cara mia*.

D'un pas souple, il s'avança vers Pippa et, se postant derrière elle, dénoua son cache-cœur qu'il fit glisser le long de ses bras. Le souffle court, elle ôta ses chaussures tandis qu'il baissait la fermeture Eclair de sa jupe. Lorsqu'elle en fut débarrassée, il la retourna sans ménagement, la serra contre lui et prit sa bouche dans un baiser enfiévré.

Cédant aux assauts érotiques de sa langue, Pippa s'accrocha à lui. Elle tremblait comme une feuille balayée par le vent, étourdie de volupté.

— J'ignorais que de telles sensations pouvaient exister, murmura-t-elle dans un souffle.

Le beau visage halé d'Andreo était empreint de gravité. Il déboutonna sa chemise, dévoilant son torse cuivré, et reprit les lèvres de Pippa en dégrafant son soutien-gorge d'un geste adroit. Lorsqu'il releva la tête pour l'envelopper d'un regard appréciateur, elle cacha instinctivement sa poitrine. Avec une délicatesse infinie, Andreo écarta ses mains et les porta à ses lèvres.

— Je veux pouvoir te contempler à ma guise, dit-il d'une voix caressante.

Jamais encore Pippa n'avait été à ce point consciente de sa féminité. Sous son regard sombre, débordant de désir et d'admiration, elle se sentit tout à coup sereine. Belle, épanouie... femme. A cette pensée, ses tétons dardèrent leurs pointes durcies en direction d'Andreo.

— *Dio mio*... Tu es encore plus belle que dans mes souvenirs, murmura-t-il en l'entraînant sur le lit.

Ses mains coururent délicatement sur le ventre frémissant de Pippa qui soupira de bonheur. Glissant un doigt sous sa culotte en dentelle, il explora le cœur moite de sa féminité jusqu'à ce qu'elle s'arc-boute en gémissant.

— Sais-tu ce que j'aime par-dessus tout ? J'aime l'idée d'être le premier, le seul à qui tu t'abandonnes, confessa-t-il avec ferveur. Tu n'imagines pas à quel point je trouve ça excitant, *carissima*.

Pippa esquissa un sourire, submergée par un océan d'exquises sensations. Touchantes, les paroles d'Andreo décuplèrent la force déjà inouïe de son désir. Elle avait faim de lui. Elle brûlait d'envie de caresser, de titiller du bout de la langue chaque centimètre carré de son grand corps viril. Elle avait envie de le sentir en elle, d'onduler sous lui jusqu'à ce que le plaisir ultime les foudroie et qu'ils recouvrent lentement leurs esprits, épuisés, alanguis.

Dans les heures qui suivirent, Andreo lui offrit tout cela et bien d'autres encore…

— Je me sens incroyablement bien dans tes bras, *amore*, murmura-t-il lorsque, repus de caresses, ils se blottirent l'un contre l'autre et fermèrent les yeux.

— Moi aussi…

En proie à une douce torpeur, Pippa se lova contre lui tandis qu'il caressait tendrement ses boucles emmêlées. Un sourire heureux flottait sur ses lèvres. Ainsi, c'était ça, le bonheur…

Teintée d'espièglerie, la voix d'Andreo l'arracha à sa langueur.

— Dis-moi, petite cachottière, où as-tu appris à parler un français aussi impeccable ?

— Ma mère était française.

Il y eut un bref silence. Finalement, Andreo demanda d'un ton détaché :

— Le Français qui t'a téléphoné fait donc partie de ta famille ?

Pippa fronça les sourcils. Puis elle se souvint : Andreo faisait allusion à Christian.

— Oh, non ! C'est le mari d'une amie. A la vérité, nous n'avons guère d'affinités, tous les deux. C'est drôle, je…

— Tu dois pourtant le voir la semaine prochaine, non ?

— Il m'a demandé de choisir quelques vêtements de grossesse pour Tabby, expliqua Pippa. Je ne savais même pas qu'elle était enceinte. Ce sera son troisième enfant et elle n'a que vingt-trois ans…

Les doutes et les soupçons d'Andreo s'envolèrent sur-le-champ, cédant la place à la culpabilité. Sans doute avait-il fréquenté trop de femmes cupides et calculatrices, prêtes à tout pour capturer dans leurs filets les hommes les plus riches de la planète… Dieu merci, Pippa n'était pas de celles-ci et il s'en voulait terriblement d'avoir douté de son intégrité.

Posant un doux baiser dans le creux de son cou, il déclara :

— Je vais commander quelque chose à manger, d'accord ? Je préfère te garder entièrement pour moi ce soir… et toute la nuit.

Pippa se rembrunit.

— Je ne passerai pas la nuit ici, décréta-t-elle, soudain effrayée à l'idée de se réveiller à son côté le lendemain matin.

C'était trop soudain, trop intime…

— Pourquoi ? fit Andreo qui s'était redressé pour attraper le téléphone posé sur la table de chevet.

Pippa secoua la tête.

— Je préfère rentrer chez moi, c'est tout.

Blessé dans son orgueil, Andreo composa le numéro du service d'étage. En règle générale, il ne proposait pas à ses maîtresses de passer la nuit avec lui, redoutant de s'embarquer dans une aventure plus sérieuse en franchissant cette étape importante à ses yeux. Dans ce cas, pourquoi avait-il invité Pippa à dormir ici ?

— Très bien, déclara-t-il d'un ton faussement désinvolte avant de commander un assortiment de plats thaïlandais sans lui demander son avis.

Par chance, Pippa adorait la cuisine asiatique et elle mangea de bon appétit, assise en tailleur dans le sofa en cuir, enveloppée dans un épais peignoir en éponge.

— Comment cela se fait-il que tu aies un frère aussi jeune ? demanda-t-elle au cours de la conversation.

— Marco est arrivé par surprise alors que ma mère avait la quarantaine passée. Il avait cinq ans quand mon père est décédé, ce qui explique pourquoi il compte autant sur moi. Nous avons trois sœurs aînées, toutes mariées, toutes enclines à chouchouter le petit dernier de la famille. Il devenait vraiment insupportable, aussi ai-je persuadé ma mère de l'envoyer dans un pensionnat. Son comportement s'est nettement amélioré depuis qu'il y est.

— Qu'est-ce que ça fait d'appartenir à une fratrie de cinq enfants ? demanda Pippa avec curiosité.

— C'est plutôt sympa… Mais ç'aurait été encore plus amusant si une ou deux de mes sœurs avaient été des garçons, ajouta-t-il d'un ton gentiment moqueur. J'aimerais fonder une grande famille, moi aussi.

Pippa le gratifia d'une œillade surprise.

— Personnellement, je ne veux pas d'enfants, confia-t-elle sans réfléchir.

Andreo fronça les sourcils.

— Tu ne veux pas d'enfants ? Même pas un ?

Mal à l'aise, elle répondit d'un ton faussement léger :

— Disons que je préfère privilégier ma carrière professionnelle.

Un silence tendu accueillit ses paroles. Au bout d'un moment, Andreo demanda avec brusquerie :

— Que décideras-tu si tu apprends que tu es enceinte ?

Pippa pâlit.

— Ça n'arrivera pas. Pourquoi poses-tu cette question ?

— Parce qu'il existe malgré tout un risque après ce qui s'est passé avant-hier. Il me semble que je suis en droit de savoir quelles sont tes intentions si tu tombes enceinte, conclut-il d'un ton irrité.

Pippa repoussa son assiette et se leva. D'un geste nerveux, elle tritura les manches trop longues du peignoir.

— Je n'ai pas envie de parler de ça.

— *Per meraviglia !* Je n'en ai pas envie non plus, figure-toi… Mais il me semble plus raisonnable d'aborder la question tout de suite, de manière à pouvoir agir sans précipitation le moment venu !

Dans un accès de panique incontrôlée, Pippa tourna les talons, ramassa fébrilement ses vêtements et battit en retraite dans la salle de bains.

— Je veux juste une réponse !

La voix d'Andreo résonna durement à ses oreilles lorsqu'elle ferma la porte à clé, les yeux embués de larmes. C'était un sujet sensible pour elle, ne le comprenait-il donc pas ? Son insistance, son attitude inflexible la blessaient profondément.

Avec des gestes d'automate, elle prit une douche et s'habilla. Quel gâchis, songea-t-elle en repensant aux merveilleux moments qu'ils avaient passés en début de soirée. La magie s'était envolée, hélas, et la réalité reprenait durement ses droits. D'un revers de main, elle essuya ses yeux humides, aspira une grande bouffée d'air et quitta la salle de bains.

Andreo s'était habillé, lui aussi. Plus séduisant que jamais dans une chemise gris perle et un pantalon en toile noir, il s'avança vers elle. Un mélange d'exaspération et de regret se lisait dans son regard brillant.

— C'est ridicule, *cara*…

— Ne me regarde pas comme ça, d'accord ? Je veux rentrer chez moi… j'ai déjà appelé un taxi avec mon portable.

Avant qu'il ait le temps de réagir, elle s'élança vers le hall d'entrée.

— Je ne peux pas te laisser partir comme ça. D'accord, je le reconnais, je n'aurais peut-être pas dû aborder cette question… Mais comment aurais-je pu savoir que c'était un sujet difficile pour toi ? ajouta-t-il en levant les mains au ciel dans un geste d'impuissance. La plupart des femmes adorent les bébés !

Pippa eut l'impression de recevoir une gifle.

— J'aime les bébés, figure-toi… simplement, je n'en veux pas, c'est tout !

Andreo la rejoignit en quelques enjambées. Posant les mains sur ses épaules contractées, il plongea son regard dans le sien.

— Tu changeras probablement d'avis…

— Non ! coupa-t-elle avec force.

Parcourue d'un violent tremblement, elle se libéra de son étreinte et tourna les talons. Déjà, de douloureux souvenirs affluaient à son esprit… En proie à une vive émotion, elle revit sa mère en larmes, se reprochant entre deux sanglots d'être une mauvaise mère, incapable de faire le bonheur de sa famille.

Perplexe, Andreo étudiait le profil diaphane de Pippa. Une tristesse indicible figeait les traits délicats de la jeune femme. La sonnerie de l'Interphone rompit le silence tendu.

— C'est sûrement mon taxi.

— Si tu pars, je ne t'appellerai pas demain, lança Andreo sans l'ombre d'une hésitation. Si tu pars, tout est fini entre nous.

Presque malgré elle, Pippa s'arrêta net. Andreo s'approcha de l'Interphone et demanda au concierge de patienter quelques minutes.

Puis il s'avança et, s'immobilisant derrière elle, l'enveloppa de ses bras puissants. Elle se raidit, résistant de toutes ses forces au flot de sensations qui montaient en elle. Elle désirait cet homme. Elle avait envie de rester près de lui, de savourer sa présence physique à ses côtés. Mais elle voulait aussi qu'il soit fier d'elle, qu'il approuve ses opinions et le regard qu'elle portait sur le monde. Allait-elle tout gâcher à cause d'une grossesse parfaitement improbable ?

— Je te l'ai déjà dit, murmura-t-elle d'une voix étranglée. Ce n'est pas si facile que ça de tomber enceinte… Tu m'écoutes ?

— *Si*. Je t'écoute.

— Ma mère n'a jamais pu avoir d'autre enfant après moi et ma grand-mère a attendu dix ans avant de donner naissance à ma mère…

— Chut… N'en parlons plus, fit Andreo en l'obligeant à lui faire face.

Il caressa du bout des doigts son front puis ses joues, effleura tendrement ses lèvres tremblantes. Incapable de contenir les émotions qui se bousculaient en elle, Pippa fondit en larmes.

Andreo resserra son étreinte, bouleversé par la fragilité qui émanait d'elle. Etait-ce la même femme qui, quelques instants plus tôt, lui tenait tête avec virulence ?

— Ne pleure pas, je t'en prie… Retournons au lit, tu veux… Laisse-moi te consoler, *cara*…

— Mon taxi…

Enfonçant le bouton de l'Interphone, Andreo pria le concierge de décommander le taxi. Puis il chercha le regard de Pippa, encore tremblante d'émotion. Lorsqu'il commença à lui ôter ses vêtements, elle secoua la tête d'un air égaré.

— Je veux rentrer chez moi…

Avec une délicatesse infinie, Andreo la prit par les épaules et l'attira contre lui.

— Non, ce n'est pas vrai. Tu as très envie de rester auprès de moi, *amore*. C'est la mort dans l'âme que tu serais partie…

Et, sans lui laisser le temps de protester, il la souleva dans ses bras et la ramena dans la chambre.

— Tu auras la permission de rentrer chez toi les soirs de semaine. Le week-end, en revanche, tu es à moi du matin au soir et du soir au matin. Désolé, c'est comme ça.

— Nous sommes jeudi, fit observer Pippa en appuyant ses lèvres contre son épaule mate.

— Pardon ? Je n'ai pas entendu…

— Nous sommes jeudi.

D'une main, Andreo tira les draps froissés en fronçant les sourcils d'un air faussement incrédule.

— Tu aurais bien besoin d'un calendrier, *cara mia*.

— Mmm… C'est vrai qu'on se croirait vendredi, susurra-t-elle, rattrapée par le désir.

Sa reddition fut aussitôt récompensée d'un sourire ensorceleur.

Dans le dernier bouquet que lui avait envoyé Andreo, Pippa choisit une rose couleur corail qu'elle glissa délicatement dans la boutonnière de sa nouvelle veste de tailleur. La jupe courte et moulante mettait en valeur sa taille fine et ses jambes interminables.

Toutes les pièces de sa maison étaient envahies de fleurs qui distillaient un parfum léger et délicat. Un jour sur deux, aux premières lueurs de l'aube, elle s'était arrachée aux bras possessifs d'Andreo pour regagner son domicile, prendre une douche et se changer. Elle en profitait alors pour disposer dans des vases les somptueux bouquets qu'Andreo lui offrait chaque jour.

Pippa examina son reflet dans le miroir en pied de l'entrée. Ses yeux pétillaient et un sourire béat flottait sur ses lèvres... Voilà l'effet que produisait sur elle Andreo. Il suffisait qu'elle pense à lui, fût-ce un quart de seconde, pour... Son visage s'assombrit soudainement. Dans un peu moins de quarante-huit heures, elle s'envolerait pour la France, pas simplement pour passer d'agréables vacances en compagnie de son amie Tabby et de son mari mais aussi, et surtout, pour prendre un nouveau départ dans la vie. Quitter Andreo lui fendrait le cœur, elle en était douloureusement consciente. D'autant que ce dernier ignorait tout de ses projets...

Pourquoi avait-elle choisi de ne rien lui dire ? Avait-elle eu peur qu'il ne mette un terme à leur histoire en apprenant qu'elle ne resterait pas longtemps à Londres ? Quoi qu'il en soit, elle n'était pas naïve au point de croire qu'Andreo ait envisagé un seul instant de passer le restant de ses jours auprès d'elle. Elle n'avait certes pas beaucoup d'expérience dans ce domaine mais elle n'avait pas oublié la réputation de grand séducteur de son amant...

Une limousine était garée le long du trottoir, juste devant chez elle. Indifférente aux rideaux des voisins qui bougeaient discrètement derrière les vitres, Pippa monta dans la voiture et appela aussitôt Andreo sur son portable.

— Je t'avais dit que je prendrais le métro, le rabroua-t-elle gentiment.

— Je préfère que tu économises tes forces pour moi... Rendez-vous à 13 heures pour déjeuner.

Les intonations rauques et caressantes de sa belle voix grave la firent frissonner.

— Mmm… J'ai hâte d'y être, murmura-t-elle en songeant aux restaurants exotiques, pleins de charme et de fantaisie, qu'Andreo lui avait fait découvrir ces jours derniers.

Une demi-heure plus tard, elle entrait dans les locaux du service financier. Un étrange silence s'abattit autour d'elle tandis qu'elle gagnait son bureau. Pippa réprima à grand-peine un sourire amusé. L'étonnement de ses collègues était somme toute assez compréhensible : en l'espace de quelques jours, elle avait cessé d'être la première arrivée et la dernière partie. A présent, elle avait totalement inversé la tendance ! En outre, les tâches qu'on lui confiait étaient tellement au-dessous de ses compétences qu'elle passait le plus clair de son temps à rêvasser, la tête pleine de jolies histoires où l'amour rimait avec toujours…

— J'adore ton tailleur… Il est très tendance ! s'écria Jonelle d'un ton admiratif.

Pippa gratifia sa collègue d'un sourire chaleureux.

— Il est joli, n'est-ce pas ?

Jonelle s'éclaircit la gorge.

— On dirait le tailleur Versace que j'ai vu dans une vitrine la semaine dernière. C'en est un… Je veux dire, un Versace ?

Pippa haussa les épaules. La mode ne l'avait jamais beaucoup intéressée.

— Pour être franche, je n'en sais rien. Je n'ai pas fait attention à l'étiquette.

Ce qu'elle avait retenu, en revanche, c'est qu'Andreo lui avait offert ce tailleur pour la simple et bonne raison qu'il était exactement de la même couleur que ses yeux. N'était-ce pas adorable ?

Sa désinvolture ne fit qu'attiser la curiosité de ses collègues qui l'observaient à présent d'un air ahuri.

— Oh, mais tu as également craqué pour des chaussures

Jimmy Choo ! reprit Jonelle en lorgnant avec envie les escarpins délicatement ouvragés qui paraient ses pieds fins.

— J'ai cassé un talon en allant déjeuner hier, expliqua Pippa. J'ai bien été obligée de m'acheter une autre paire de chaussures…

— Et bien sûr, il n'y avait que des boutiques de luxe dans la rue que tu arpentais, lança Cheryl d'un ton acide avant de quitter le bureau en trombe.

Avec un petit haussement d'épaules, Pippa se plongea dans les dossiers qui l'attendaient sur son bureau. Quelques minutes plus tard, son téléphone portable sonna. C'était Marco, le jeune frère d'Andreo qui l'appelait de nouveau à son secours. Au fil des conversations, leurs rapports étaient devenus amicaux et il n'hésitait plus désormais à l'appeler pour toute autre chose que des conseils éclairés en mathématiques. En l'occurrence, il désirait savoir ce qu'il pourrait bien offrir à sa nièce qui s'apprêtait à souffler six bougies.

Dix minutes plus tard, Jonelle décrocha le téléphone qui sonnait dans le vide sur le bureau de Cheryl. Comme celle-ci demeurait invisible, Pippa fut priée de se présenter à l'étage de la direction pour accueillir un nouveau client à la place de sa supérieure.

Au moment où elle montait dans l'ascenseur, Andreo en sortait. Ils étaient encore ensemble quelques heures plus tôt et pourtant, Pippa ne put s'empêcher de contempler son beau visage volontaire, et de se perdre avec bonheur dans son regard noir.

— C'est encore loin, l'heure du déjeuner ? demanda-t-elle à mi-voix.

D'un geste empreint de tendresse, Andreo repoussa la boucle de cheveux qui dansait sur sa joue.

— Trop loin à mon goût, si tu veux tout savoir. Où vas-tu ?

— Je suis attendue en salle de réunion. Lester Saunders doit arriver d'un instant à l'autre et Mlle Long est introuvable.

— Une chance pour Venstar, railla Andreo en remontant avec elle dans l'ascenseur.

Quelques minutes plus tard, Andreo poussa la porte et s'effaça pour laisser entrer Pippa dans la pièce décorée avec goût, réservée aux rendez-vous importants.

Pippa fit quelques pas avant de s'arrêter net, frappée de stupeur. Etroitement enlacé, un couple soupirait dans le sofa en cuir. Ricky Brownlow se redressa tant bien que mal, visiblement gêné, mais sa compagne, quant à elle, gratifia Pippa d'un regard ulcéré.

— Décidément, tu feras tout pour me pourrir la vie, hein ?

— Vous le prenez ainsi, mademoiselle Long ?

La voix doucereuse d'Andreo résonna dangereusement dans la pièce comme il avançait vers le couple pris en flagrant délit. En quelques mots coupants et implacables, il leur signifia leur congé pour faute grave et les pria de disparaître sur-le-champ.

Pippa assista à la scène, abasourdie. Pas une seule fois elle n'avait soupçonné Ricky — un homme marié, qui plus est... — d'entretenir une liaison avec Cheryl ! Après leur départ, elle remit la pièce en ordre avec des gestes mécaniques.

— On dirait que tu tombes des nues, je me trompe ? murmura Andreo d'un ton indulgent. Tu ne prêtes donc pas l'oreille aux rumeurs ? Je viens à peine d'arriver et pourtant, je savais déjà que Brownlow était soupçonné d'avoir appuyé la candidature de Cheryl au poste que tu briguais dans le simple but de passer davantage de temps avec elle. Maintenant, il ne me reste plus qu'à te nommer directrice du service financier...

Pippa se figea.

— Non ! Je veux dire... Non, attendons encore un peu. C'est encore tout frais et puis... vu les rapports que nous entretenons, tous les deux...

Andreo arqua un sourcil perplexe.

— Cela n'entre pas en ligne de compte.

— Pour moi, si.

— Je croyais que le travail passait avant toute autre considération, *cara*, riposta Andreo avec une pointe de sarcasme dans la voix.

Sans lui laisser le temps de répondre, il quitta la pièce, laissant Pippa en proie à un profond désarroi. Pourquoi diable avait-elle refusé ce poste dont elle rêvait encore deux semaines auparavant ? Etait-elle à ce point attachée aux projets qu'elle venait tout juste d'ébaucher ? Ou bien l'attitude de Cheryl l'avait-elle définitivement dissuadée de rester au sein de l'entreprise ? Quelle que fût la réponse, elle devait une explication à Andreo. Après tout, ne l'avait-elle pas accusé de l'avoir privée du poste qu'elle convoitait ?

Sitôt la réunion terminée, Pippa se dirigea vers le bureau d'Andreo, bien décidée à tirer les choses au clair. Hélas, il était occupé et la standardiste la pria de bien vouloir patienter quelques minutes. Elle s'assit à contrecœur, regrettant déjà de s'être déplacée. Elle aurait dû l'appeler sur sa ligne directe, c'eût été plus simple.

Au bout de quelques instants, la jeune femme se pencha au-dessus du bureau et déclara sur le ton de la confidence :

— Je ne devrais pas vous le dire mais M. d'Alessio est avec sa petite amie. Il semblerait qu'elle rentre tout juste de l'étranger où elle était allée faire des photos.

— Ah bon ? fit Pippa, cédant pour la première fois à l'envie d'en savoir davantage sur les bruits de couloir qui alimentaient sans cesse les potins internes. Racontez-moi tout…

— C'est Lili Richards, vous savez… le top model. Elle est encore plus belle qu'en photo, c'est incroyable !

Pippa écarquilla les yeux.

— Lili Richards…

Ce nom lui était totalement inconnu.

— Ça a l'air très sérieux entre eux, reprit la standardiste à mi-voix.

Le sourire de Pippa se figea légèrement.

— Ah oui ?

— Oui… Elle s'est jetée dans ses bras dès qu'elle l'a aperçu, vous auriez dû voir ça ! A sa décharge, je comprends assez bien son enthousiasme. M. d'Alessio est le plus bel homme qu'il m'ait été donné de rencontrer sur cette terre ! expliqua la jeune femme d'un ton rêveur. Et avec sa réputation de Casanova, elle devait être morte de peur qu'il lui ait trouvé une remplaçante pendant son absence !

Le portable de Pippa vibra dans la poche de sa veste. Elle s'en empara et réprima de justesse un soupir de soulagement. C'était Andreo. N'était-ce tout de même pas incroyable ? Il suffisait qu'une jolie jeune femme lui rende visite pour que toute l'entreprise lui prête une aventure torride avec elle !

— Désolé, je ne serai pas libre pour déjeuner, déclara-t-il sans préambule.

Pippa fronça les sourcils.

— Mais je voulais te parler…

— J'ai une affaire urgente à régler. Je t'appelle tout à l'heure… d'accord ?

Elle ouvrit la bouche mais aucun son n'en sortit.

— D'accord ? répéta-t-il d'un ton empreint d'impatience.

— D'accord, articula-t-elle avec peine.

Il raccrocha. D'une main tremblante, Pippa enfouit l'appareil dans sa poche puis se leva.

— Le *big boss* et Lili Richards vont bientôt sortir du bureau ! chuchota la standardiste à l'adresse d'une collègue.

Pippa sentit son estomac chavirer. Non, elle ne resterait pas plantée là, à l'épier comme une fiancée jalouse et possessive, incapable de lui faire confiance. Le cœur lourd, elle s'éloigna d'un pas hésitant. Déjà, des visages curieux émergeaient dans l'entrebâillement des portes. Sur une impulsion, Pippa se réfugia dans un recoin sombre du couloir et attendit l'arrivée du « patron et de sa petite amie ». C'était ridicule… Il lui avait dit qu'il avait une affaire urgente à régler, et elle ne mettrait pas sa parole en doute car elle lui faisait entièrement confiance.

Au même instant, Andreo fit son apparition et se dirigea vers l'ascenseur. Il n'était pas seul. Une créature de rêve était pendue à son bras. Chevelure blonde comme les blés, visage de poupée, corps de déesse, elle était absolument sublime. Sa beauté était presque irréelle tant elle approchait de la perfection. Irréelle et totalement naturelle, ce qui était encore plus incroyable...

Depuis sa cachette, Pippa observa Lili Richards, en proie à une angoisse grandissante. Peu habituée à essuyer un refus, la jeune femme avait probablement supplié Andreo de l'emmener déjeuner. Peut-être était-ce une cliente... ou une amie proche de la famille d'Alessio, une cousine lointaine, qui sait... ? Andreo avait cédé à contrecœur... elle ne lui avait pas laissé le choix.

Sous les yeux éberlués de Pippa, Lili glissa ses mains sous la veste d'Andreo avec l'assurance d'une maîtresse certaine de ses charmes. Puis elle se colla à lui et, se hissant sur la pointe des pieds, l'embrassa avec le même entrain. Incapable d'en supporter davantage, Pippa baissa vivement les yeux.

— Vite, vite, un lit ! plaisanta quelqu'un d'un ton goguenard.

En proie à une terrible nausée, Pippa se précipita aux toilettes. L'image d'Andreo et de sa compagne dansait devant ses yeux embués de larmes. Ils formaient un couple magnifique, tous les deux. A cette pensée, son cœur se serra douloureusement. Doux Jésus, comment avait-elle pu lui faire confiance ? Le surnom dont l'avait affublée Ricky Brownlow lui revint à la mémoire et elle laissa échapper un gémissement de détresse. Pippa passe-partout... comment s'était-elle débrouillée pour l'oublier ?

Avec des gestes d'automate, elle s'aspergea le visage d'eau fraîche, remit un peu d'ordre dans ses boucles emmêlées et regagna son bureau.

— Il paraît que Ricky et Cheryl ont été virés, c'est vrai ? demanda Jonelle en l'apercevant.

— Oui.

— Alors tu vas pouvoir prendre sa place.

— Je n'en veux plus.

— Bien sûr… Maintenant que tu sors avec M. d'Alessio, murmura sa collègue d'un ton envieux.

Pippa se raidit.

— Le jour où tu as reçu le deuxième bouquet de fleurs, on a fini par comprendre que c'était toi, la rousse sublime de la soirée de bienvenue, confia Jonelle en gloussant.

— C'est sûr… je viens juste de rompre, si ça t'intéresse, répliqua Pippa d'un ton faussement laconique.

Nul doute que la visite de la belle Lili ferait le tour de tous les services d'ici la fin de la journée…

Dès qu'elle fut rentrée chez elle, Pippa appela la direction des ressources humaines pour les informer qu'elle ne voulait plus du poste et qu'elle avait l'intention de donner sa démission. Puis elle se déshabilla et enfouit le précieux tailleur, les escarpins, les fleurs dégoulinantes d'eau et toutes les cartes qu'elle avait conservées, dans un grand sac poubelle. Elle ouvrit ensuite deux valises qu'elle entreprit de remplir méthodiquement. Puis, elle décrocha son téléphone et réserva une chambre d'hôtel pour la nuit, craignant qu'Andreo ne vienne lui demander des explications au sujet de sa démission.

Avant de quitter son domicile, elle s'occupa de faire livrer le sac poubelle à l'appartement d'Andreo.

Bien sûr, il n'y avait aucun risque que Lili ou lui se donnât la peine de répondre au livreur… Ils étaient sans nul doute bien trop occupés…

7.

Appuyée contre la balustrade en pierre de la terrasse ombragée, Pippa cherchait à se perdre dans la contemplation du paysage champêtre qui s'étendait à perte de vue autour du château.

Les jardins à la française étaient encerclés de prés verdoyants qui cédaient à leur tour la place à de vastes vergers ayant la réputation de produire le meilleur cidre du monde. Le reste de la propriété des Duvernay, demeure ancestrale de Christian Laroche, l'époux de Tabby, couvrait plusieurs hectares de bois et de forêts classés réserve naturelle. A quelques encablures en direction de l'Ouest, la côte bretonne présentait son relief accidenté de falaises rocheuses, de criques sablonneuses et de charmants petits ports de pêche.

La chambre qui lui avait été réservée était décorée avec beaucoup de raffinement et Tabby lui avait concocté un programme aussi chargé que divertissant. Depuis deux semaines, Pippa s'efforçait de faire bonne figure mais elle se sentait de plus en plus seule, de plus en plus triste, face au bonheur éclatant de ses hôtes.

Christian se montrait extrêmement gentil avec elle. A vrai dire, il n'avait plus rien à voir avec l'homme hautain et arrogant dont elle gardait le souvenir. Pippa le soupçonnait même d'avoir deviné son chagrin.

Car à quoi bon le nier ? Elle était tombée amoureuse d'Andreo. Follement, passionnément amoureuse. Alors même qu'elle avait cru rester maîtresse de ses émotions, la situation lui avait totalement échappé et c'est le cœur brisé qu'elle avait fui Londres et les douloureux souvenirs de leurs nuits brûlantes.

Andreo lui avait menti en prétendant être libre de tout engagement. C'était là le seul vrai reproche qu'elle pouvait lui adresser. Après tout, il ne lui avait jamais fait de déclarations enflammées ni de belles promesses.

Mais alors, pourquoi avait-il essayé de la joindre à plusieurs reprises depuis qu'elle avait quitté Londres ? Il devait savoir qu'elle était au courant au sujet de Lili… Et pourtant, il lui avait envoyé d'innombrables textos auxquels elle n'avait bien sûr pas répondu. Puis, devant son silence obstiné, Andreo avait inondé de messages sa boîte vocale. Très bizarrement, sa voix trahissait une inquiétude sincère. Où était-elle passée ? demandait-il. Pourquoi avait-elle disparu sans crier gare ?

Pippa secoua la tête, le regard perdu dans le vide. A quoi jouait-il, à la fin ? N'avait-il pas compris en recevant le sac qui contenait toutes les affaires qu'il lui avait offertes ?

De guerre lasse, elle avait même changé de numéro de portable. Mais lorsque le jeune Marco l'avait suppliée de lui communiquer son nouveau numéro, arguant avec toute la fougue d'un adolescent de quatorze ans qu'il ne pouvait être tenu responsable de la conduite de son frère, Pippa avait cédé…

Tabby la rejoignit sur la terrasse, une adorable fillette dans les bras. Alors que Jake, son fils de cinq ans, avait hérité de la beauté ténébreuse de son père, Jolie, un an tout juste, possédait les yeux verts et la chevelure couleur caramel de sa mère.

— J'adore cette robe, déclara Tabby en lissant du plat de la main la robe de grossesse qu'avait choisie Pippa dans sa boutique préférée de Londres. Je suis ravie que tu aies accepté de faire quelques emplettes avec Christian. Tout seul, il aurait jeté son dévolu sur des vêtements certes élégants, mais hyperclassiques, je le connais. Personnellement, je préfère les tenues plus décontractées, surtout l'été.

— C'est vrai qu'il fait chaud ici, renchérit Pippa en soulevant légèrement la masse de ses cheveux bouclés pour rafraîchir sa nuque.

Rejetant la tête en arrière, elle fut assaillie d'un curieux vertige qui l'obligea à s'agripper des deux mains à la balustrade. « Mon Dieu, non », songea-t-elle en fermant brièvement les yeux, submergée par une vague d'angoisse. Elle aurait dû avoir ses règles deux semaines plus tôt. Couplé aux vertiges et aux nausées dont elle souffrait depuis quelque temps, ce retard tout à fait inhabituel commençait à l'inquiéter sérieusement.

— On dirait que tu apprécies davantage Christian qu'avant, je me trompe ? s'enquit Tabby avec une pointe d'amusement dans la voix.

S'arrachant à ses sombres pensées, Pippa esquissa un sourire.

— Disons que j'ai appris à le connaître depuis que je suis ici.

— Le pauvre était persuadé que tu le détestais ! Ceci dit, je comprends ta méfiance à l'égard des hommes. Ton père ne vous a pas épargnées, ta mère et toi, conclut-elle en ponctuant ses paroles d'un soupir compatissant.

Pippa resta coite. Tabby était-elle au courant des problèmes conjugaux de ses parents ? Elle qui avait toujours cru qu'il s'agissait là d'un secret de famille !

Intriguée par son silence, Tabby glissa un regard furtif en direction de son amie et esquissa une grimace contrite.

— Oh non… ! Tu ne savais pas que j'étais au courant…

— Que mon père trompait régulièrement ma mère ? compléta Pippa en s'efforçant de prendre un ton désinvolte.

Tabby grimaça de nouveau.

— Ma belle-mère m'avait tout raconté lors de ces vacances cauchemardesques. Il faut dire que son petit manège avec ton père ne faisait rien pour égayer l'atmosphère. Ta mère me faisait beaucoup de peine.

— C'était une femme adorable. Elle a beaucoup souffert à cause de mon père.

Pippa éprouvait un soulagement immense à confier ainsi à son amie le chagrin qui pesait, encore aujourd'hui, sur son cœur. Jamais elle n'oublierait le jour où son père avait brutalement déclaré que ses infidélités étaient tout à fait justifiées… puisque son épouse faisait tellement peu d'efforts pour rester séduisante !

— Il tenait des propos extrêmement cruels à son encontre, ajouta-t-elle d'une voix tremblante.

— J'imagine que c'était sa façon à lui de vous tenir sous son joug, fit Tabby. C'est complètement ridicule… Un homme peut tenir son rôle sans avoir besoin d'humilier son épouse.

— Je le sais bien.

— C'est vrai ? murmura Tabby en posant sur elle un regard perplexe. J'espère que l'ombre de ton père tyrannique n'a pas nui à ta relation avec cet Italien dont tu ne veux même pas me parler.

— Disons que… Andreo et moi avons eu une petite dispute… rien de grave, mentit Pippa avec une légèreté feinte.

— Lui as-tu seulement laissé l'occasion de te présenter des excuses ?

Troublée par la perspicacité de son amie, Pippa sentit ses joues s'empourprer. Mieux valait un petit mensonge plutôt que de longues et douloureuses explications.

— En fait, nous sommes sur la bonne voie… il m'a téléphoné hier soir…

— Alors tant mieux ! s'écria Tabby en l'enlaçant affectueusement par les épaules. J'aimerais tellement faire sa connaissance. Christian serait ravi de le rencontrer, lui aussi.

Au même instant, Jolie tendit les bras à Pippa et Jake déboula sur la terrasse en criant :

— Pippa, viens jouer aux petites voitures avec moi, d'accord ? Jolie n'aura qu'à nous regarder…

Trop heureuse de mettre un terme à la conversation qui s'engageait sur un terrain glissant, Pippa partit avec les enfants, feignant d'ignorer les protestations de son amie.

Ce soir-là, après qu'ils eurent terminé de dîner, Pippa remercia chaleureusement le jeune couple de son hospitalité. Elle devait prendre le train le lendemain matin pour se rendre en Dordogne où elle désirait se recueillir sur la tombe de sa mère. C'était la première fois qu'elle y retournait depuis l'enterrement. Puis elle remonterait à Paris où elle chercherait du travail et un logement. Christian avait proposé de lui prêter l'appartement qu'il possédait en plein cœur de la capitale et lui avait même fait une offre d'emploi plus qu'intéressante, mais Pippa avait gentiment refusé, arguant qu'il était important pour elle de se débrouiller seule.

— Crois-tu que j'arriverais à persuader Hilary de venir passer quelques jours ici ? demanda Tabby depuis le seuil de sa chambre à coucher, un moment plus tard.

— Elle adorerait venir mais elle est très prise, tu sais, entre le salon de coiffure et sa petite sœur, expliqua Pippa en haussant les épaules. Comme j'aimerais avoir des nouvelles de Jen ! Elle semble avoir complètement disparu de la circulation, c'est tout de même incroyable, tu ne trouves pas ?

— Elle était très timide, très réservée, souviens-toi. Mais je suis sûre qu'elle finira bien par reprendre contact avec nous, un de ces jours. En attendant, nous devrions organiser une véritable réunion au sommet, toi, Hilary et moi, disons pour le prochain réveillon du jour de l'an. Qu'en dis-tu ? suggéra Tabby avant de souhaiter bonne nuit à son amie.

Pippa sortait de la douche lorsqu'elle entendit le vrombissement d'un hélicoptère qui atterrissait derrière la propriété. Il n'y avait là rien d'étonnant : propriétaire d'une compagnie aérienne internationale, Christian se déplaçait souvent en hélicoptère et les membres de son entourage en faisaient autant.

Après avoir revêtu une chemise de nuit en fine cotonnade blanche, Pippa entreprit de préparer les vêtements qu'elle mettrait le lendemain matin pour voyager. Un petit coup fut frappé à sa porte et l'instant d'après, Tabby fit son apparition, le visage éclairé d'un large sourire.

— J'ai une merveilleuse surprise pour toi ! s'écria-t-elle avec entrain. Ferme les yeux !

Réprimant un soupir, Pippa se plia au caprice de son amie.

— Ça y est, je peux les rouvrir ?

— Pas avant d'avoir entendu la porte se refermer… et surtout, ne te presse pas pour descendre prendre ton petit déjeuner demain matin ! ajouta-t-elle en gloussant comme une écolière.

Tandis que la porte se refermait doucement, Pippa imaginait déjà une tasse de chocolat chaud recouverte de guimauve fondue comme elles aimaient en boire plus jeunes… ou un autre clin d'œil à leur enfance que Tabby avait voulu lui offrir avant son départ. Mais lorsqu'elle se décida enfin à ouvrir les yeux, elle crut que son cœur allait cesser de battre. Car ce n'était pas une boisson chaude que lui avait apportée Tabby pour lui souhaiter bonne nuit, non… C'était un homme sexy en diable, plus imposant que jamais dans un costume gris anthracite qui mettait en valeur sa carrure athlétique, ses hanches étroites et ses jambes longues, puissamment musclées.

— Tabby est adorable, murmura-t-il d'une voix douce en guise de préambule.

Pippa secoua la tête, la gorge sèche.

— Co… Comment m'as-tu retrouvée ? balbutia-t-elle. Personne ne sait que je suis ici !

— La dernière fois que Marco t'a appelée, il a entendu quelqu'un parler français à côté de toi.

— Je ne lui pardonnerai jamais de m'avoir trahie !

— Un peu de clémence, *bella mia.* Tu lui as interdit de me

communiquer ton nouveau numéro et il a tenu parole. Crois-moi, j'ai dû faire pression sur lui avant qu'il me livre ce petit secret…

Pippa le gratifia d'un regard réprobateur.

— Tu es ignoble… Il n'a que quatorze ans, le pauvre !

— Oui. Et déjà, railla Andreo, il se sent investi d'une loyauté sans borne envers sa famille.

— Tu ne m'as toujours pas expliqué comment tu as retrouvé ma trace !

— J'ai mené ma petite enquête.

Les yeux de Pippa s'arrondirent de stupeur.

— Pardon ?

— Cela n'a pas été difficile. Ta mère était française, tu es très attachée à ce pays. Ton amitié pour Tabby et Christian était aussi à prendre en compte…

— Je n'arrive pas à croire que tu aies eu l'audace de venir jusqu'ici !

— J'ai toutes les audaces… Crois-moi, *amore*.

— Je n'ose même pas imaginer les mensonges que tu as racontés pour convaincre Tabby de te laisser entrer.

Andreo la considéra avec un certain dédain.

— Figure-toi que je n'ai même pas eu besoin de mentir. Ton amie n'a pas semblé surprise de me voir, déclara-t-il d'un ton satisfait. *Santo Cielo…* Je n'ai eu qu'à décliner mon identité pour qu'elle me conduise jusqu'à toi !

Pippa baissa les yeux, mortifiée. Comment aurait-elle pu imaginer que le pieux mensonge qu'elle avait fait à Tabby quelques heures plus tôt sur leur pseudo-réconciliation aurait eu pour conséquence l'apparition surprise d'Andreo dans sa chambre à coucher ?

Au prix d'un grand effort, elle affronta le regard sombre d'Andreo.

— C'est incroyable, n'est-ce pas ? dit-il d'un ton sarcastique. Reçoit-elle aussi chaleureusement tous les hommes qui demandent à te voir ?

— Je ne te permets pas ! s'indigna Pippa en se dirigeant d'un pas raide vers la porte. Si tu es venu pour m'insulter, tu peux repartir tout de suite, je ne supporterai pas ta présence une minute de plus !

Au moment où elle posait la main sur la poignée de la porte, Andreo la saisit par le bras sans ménagement.

— Je crois que tu ne te rends pas compte à quel point je suis furieux contre toi, gronda-t-il en l'obligeant à lui faire face. Tu me dois tes explications et des excuses, Pippa…

Electrisée par son contact, elle se libéra et croisa les bras sur sa poitrine comme pour se protéger.

— Des excuses ? C'est le monde à l'envers, décidément ! s'écria-t-elle d'un ton rageur, aiguillonnée par la jalousie qui lui transperçait le cœur. Si mes souvenirs sont bons, c'est toi qui me dois des excuses, toi qui as trahi ma confiance en flirtant ouvertement avec ta poupée Barbie !

Andreo la considéra d'un air perplexe.

— Rectificatif : c'est elle qui flirtait avec moi. Ainsi, tu m'as vu en compagnie de Lili. Je me suis bel et bien posé la question…

— Tu as annulé notre déjeuner sous prétexte que tu avais une affaire urgente à régler… Quelle affaire, en effet !

— Lili était dans mon bureau quand je t'ai appelée. Je pouvais difficilement t'expliquer que je l'emmenais déjeuner pour lui dire que tout était fini et lui annoncer mon intention de rompre.

Tout était fini ? *Tout était fini entre eux ?* Ces quelques mots résonnèrent comme une incantation magique dans l'esprit enfiévré de Pippa. Ainsi, Andreo avait eu l'intention de rompre avec Lili Richards le jour où elle les avait surpris tous les deux…

Andreo la gratifia d'un regard lourd de reproches.

— Si tu n'étais pas partie comme une voleuse te réfugier de l'autre côté de la Manche, je t'aurais tranquillement expliqué la situation le soir même.

Pippa ne réagit pas tout de suite. Tout semblait trop simple, tout à coup.

— Tu m'as menti, lança-t-elle dans un dernier soubresaut de fierté. Le jour de notre rencontre, tu m'as affirmé que tu étais libre comme l'air.

— C'était la vérité. Lili était partie travailler à l'étranger, elle ne devait pas rentrer avant un ou deux mois. Notre relation n'avait rien d'officiel, nous étions convenus que si l'un de nous rencontrait quelqu'un d'autre, nous avions parfaitement le droit de mettre un terme à notre histoire pour vivre une nouvelle aventure. Je t'ai rencontrée. Lili m'a affirmé qu'elle n'avait rencontré personne mais dans son langage à elle, cela signifie personne qui vaille la peine d'être mentionné, conclut Andreo avec un certain cynisme.

Pippa demeura silencieuse, en proie à des sentiments contradictoires. Comment faire confiance à un homme qui, malgré ce qu'il prétendait, lui avait caché une partie de la vérité ? Combien de fois son père avait-il affirmé à sa mère qu'il ne voyait plus sa maîtresse alors qu'il continuait à lui être infidèle ? Combien de fois lui avait-il proposé de repartir sur de nouvelles bases alors qu'il n'avait aucune intention de mettre un terme à sa double vie ?

— Tu perds ton temps, Andreo, déclara-t-elle, consciente du regard sombre fixé sur elle.

Andreo fronça les sourcils.

— C'est tout de même incroyable… Tu ne sembles même pas prête à reconnaître tes torts !

— Mes torts ? répéta Pippa d'un ton incrédule.

— *Si,* tu as parfaitement entendu. Tu as disparu dans la nature sans la moindre explication, sans le moindre signal d'alerte.

— J'ai donné ma démission et j'ai renvoyé les cadeaux que tu m'avais faits. Ça ne t'a pas suffi, comme explication ?

Andreo exhala un soupir impatient.

— Je me suis fait un sang d'encre pour toi !

Elle haussa les épaules.

— Tu n'avais aucune raison de t'inquiéter.

Les prunelles d'Andreo se rétrécirent dangereusement.

— Nous vivions quelque chose de fort, tous les deux. Je ne crois pas avoir fait quoi que ce soit qui ait pu te faire croire que j'allais te blesser ou te trahir. *Dio mio*… tu m'avais même donné une clé de ta maison !

La gorge nouée par les larmes, Pippa fixa sur le mur un point invisible. Elle ne voulait pas qu'il lui rappelle l'immense naïveté dont elle avait fait preuve en lui accordant sa confiance !

— Comme tu ne répondais pas à mes messages, poursuivit-il, je suis allé chez toi pour m'assurer que tu n'étais pas malade, clouée au lit. Il m'a alors paru évident que tu avais plié bagage en toute hâte, ce qui n'a rien fait pour apaiser mes craintes, au contraire.

Involontairement, Pippa leva les yeux et rencontra le regard d'Andreo, glacial et accusateur.

— J'ignorais encore que tu avais donné ta démission. Un type moins scrupuleux que moi n'aurait pas hésité à ouvrir ton journal intime pour connaître le fond de tes pensées !

Pippa poussa un petit cri de surprise.

— Mon journal intime ? Comment sais-tu que j'en tiens un ?

— Tu l'as laissé sur ta table de chevet… Excuse-moi, mais il n'est pas franchement discret avec sa couverture rose fluo ornée de grosses lettres dorées et le minuscule cadenas que j'aurais pu forcer d'un seul doigt, conclut-il d'un ton railleur. Rassure-toi, je l'ai pris dans mes mains, je l'ai soupesé mais…

— Mais ?

— Mais je ne me suis pas permis de l'ouvrir. Je l'ai emporté, ceci dit…

— Tu l'as ici, avec toi ?

Il acquiesça en silence.

— Rends-le moi, s'il te plaît, implora Pippa en s'efforçant de garder son sang-froid.

A son grand désarroi, Andreo secoua la tête.

— Pas encore, *cara*. Pour le moment, ton agenda est un instrument de négociation, la garantie pour moi que tu ne chercheras pas à me fausser de nouveau compagnie. En attendant, il se fait tard, nous ne sommes pas chez nous et tu t'apprêtais manifestement à aller te coucher. Nous parlerons demain, si tu veux bien…

— Je pars en Dordogne demain matin.

— Je sais. Tabby m'a dit qu'il était temps que j'arrive. Un jour de plus et tu n'étais plus là… Par chance, il se trouve que je possède une maison en Dordogne. Nous ferons le voyage ensemble, d'accord ?

Pippa retint son souffle. Voyager avec Andreo ? C'était tout simplement impensable ! Au moment où elle ouvrait la bouche pour protester, ce dernier demanda avec un naturel déconcertant :

— Ça ne te dérange pas si je prends une douche ?

Déjà, il ouvrait la porte de la chambre et attrapait la valise qu'il avait laissée dans le couloir.

— Il est hors de question que tu dormes ici ! s'écria Pippa.

— Dans ce cas, je te laisse le soin de demander à notre hôtesse de préparer une autre chambre.

Pippa baissa les yeux. Le piège se refermait lentement sur elle et c'était une impression très désagréable.

— Très bien, tu n'as qu'à passer la nuit ici. Le lit est immense, de toute façon. Christian et Tabby sont probablement couchés, je n'ai pas envie de les déranger, marmonna-t-elle en triturant nerveusement les manches de sa chemise de nuit.

Il réprima un sourire.

— Tu es sûre que ça ne te dérange pas ?

— Ça va aller. Après tout, c'est juste l'affaire d'une nuit, répondit-elle d'un ton faussement désinvolte.

Après avoir ôté sa veste et sa cravate, Andreo entreprit de déboutonner sa chemise. Il se sentait furieux en arrivant — il l'était encore, d'ailleurs — mais là, tout à coup, il était saisi d'une irrépressible envie de rire. La situation était assez drôle :

vêtue d'une chemise de nuit informe qui la couvrait de la tête au pied, la mine boudeuse, Pippa se glissa entre les draps en évitant soigneusement de croiser son regard.

Haussant les épaules, il acheva de se déshabiller et poussa la porte de la salle de bains.

Les yeux rivés au mur, Pippa entendit l'eau ruisseler dans la douche attenante. D'affolantes images défilèrent dans son esprit confus et elle ferma les paupières, maudissant la faiblesse de son corps !

Les souvenirs des dix jours merveilleux qu'elle avait passés en compagnie d'Andreo assaillaient sa mémoire. Elle avait l'impression d'avoir vécu un rêve éveillé tant elle s'était sentie heureuse et épanouie auprès de lui. Un tel bonheur ne pouvait pas durer, elle aurait dû le savoir ! Que disait le dicton ? « Chassez le naturel, il revient au galop »… Andreo était un séducteur-né, rien ni personne ne pourrait jamais le changer. Pour couronner le tout, elle attendait peut-être un enfant de lui…

Luttant contre la panique qu'elle sentait monter en elle, Pippa se retourna dans le lit. Au même instant, Andreo émergea de la salle de bains, uniquement vêtu d'un caleçon moulant signé Armani. Comme hypnotisée, elle contempla son corps cuivré et parfaitement musclé. Sa beauté virile, quasi animale, réveilla aussitôt les sensations grisantes qu'elle avait savourées entre ses bras quelques semaines plus tôt. Inconsciemment, elle passa la langue sur ses lèvres.

— Non, murmura Andreo.

Pippa cligna des yeux, arrachée au doux vertige qui l'enveloppait.

— Pardon ?

— Je ne suis pas d'humeur à ça. Il faudrait que tu me supplies à genoux pour que j'accepte de te pardonner et…

— Que je te supplie à genoux ? répéta Pippa, interdite. Pour quoi faire ?

— Pour que nous fassions l'amour… tous les deux, *amore,* répondit-il.

Il rabattit le drap pour s'allonger à côté d'elle.

— Tu as envie de moi, *cara,* je le lis dans tes yeux, ajouta-t-il d'une voix suave qui la fit frissonner.

Les joues en feu, Pippa s'empara d'un oreiller et le lui jeta à la figure.

— Ne raconte pas n'importe quoi !

— Ce que tu peux être violente quand tu n'obtiens pas ce que tu veux, susurra-t-il en glissant l'oreiller sous sa nuque dans un geste fluide.

Pippa se redressa, exaspérée par le sourire satisfait qui flottait sur les lèvres d'Andreo.

— Tu ne sais rien de moi !

— Je sais que tu as gardé toutes les fleurs et toutes les cartes que je t'ai envoyées, même les boutons fanés, répliqua Andreo.

— Et alors ? Je n'aime pas le gâchis !

— Tabby m'a confié que tu étais très triste depuis ton arrivée ici mais que tu essayais, tant bien que mal, de faire bonne figure pour ne pas les inquiéter, ajouta-t-il.

Furieuse, Pippa se pencha vers lui.

— Ça m'étonnerait beaucoup de Tabby… Je la connais bien, tu sais, c'est une de mes meilleures amies !

Rapide comme l'éclair, Andreo la saisit par les bras et la plaqua contre lui. Un silence chargé d'électricité s'abattit sur eux. Pippa avait posé les mains sur son torse pour garder une certaine distance. Leurs regards se nouèrent.

Enfonçant une main dans la masse de boucles rousses qui cascadaient sur ses épaules, Andreo captura ses lèvres dans un baiser aussi bref que passionné. Le souffle court, il libéra sa bouche frémissante et l'obligea à reprendre sa place initiale, à côté de lui, à une distance raisonnable.

Consumée par le désir, Pippa se colla à lui pour réclamer les baisers et les caresses qui sauraient apaiser le feu qui couvait en elle. A son grand désarroi, Andreo la repoussa gentiment mais fermement.

— Je suis encore trop en colère contre toi.

— En colère ? répéta-t-elle, incrédule.

Le regard d'Andreo devint grave.

— Oui. Si j'avais rencontré quelqu'un d'autre, je te l'aurais dit. Je déteste le mensonge, je ne supporte pas les cachotteries. J'ai connu pas mal de femmes, certes, mais aucune d'entre elles ne peut m'accuser d'avoir été malhonnête ou infidèle.

— Lili Richards t'a embrassé sans retenue... Pour moi, c'est ça, l'infidélité ! protesta Pippa avec force.

Les traits d'Andreo se détendirent.

— Tu crois, vraiment ? Sache que j'ai horreur qu'on me touche en public, je trouve ça terriblement vulgaire. Tu ne m'as donc pas vu la repousser en la priant de bien vouloir se calmer ?

— Non. Surtout, ne va pas t'imaginer que j'ai quitté Londres parce que j'avais le cœur brisé, ajouta-t-elle en lui tournant résolument le dos. Notre histoire touchait à sa fin, c'était inéluctable. J'avais décidé de partir en France bien avant que tout cela n'arrive et je n'aurais changé d'avis pour rien au monde !

Dans le silence pesant qui suivit sa tirade, Pippa plissa les yeux pour tenter de retenir les larmes qui brûlaient ses paupières. Peine perdue. Jamais elle n'arriverait à s'endormir alors qu'Andreo se trouvait tout à côté d'elle...

8.

A bout de forces après une nuit sans sommeil, Pippa finit par s'assoupir vers 7 heures du matin et se réveilla en sursaut une heure plus tard. Des effluves de café lui soulevèrent le cœur et elle se leva d'un bond, contourna tant bien que mal Andreo qui se tenait au milieu de la pièce, les bras chargés d'un plateau. Elle se précipita dans la salle de bains. Dieu merci, la sensation de nausée se dissipa rapidement.

— Ça va ? s'enquit Andreo de l'autre côté de la porte.

— Mmm. Tout va bien, je n'ai pas besoin de ton aide, répondit-elle sèchement avant de se réfugier dans la cabine de douche.

Une fois prête — elle mit un temps fou à essayer de discipliner ses boucles rebelles et finit par renoncer, passablement agacée —, elle poussa la porte de la salle de bains, prête à répondre aux questions d'Andreo. Mais la pièce était déserte et, pour une raison qu'elle ne put s'expliquer, ce constat l'irrita encore plus.

Tabby l'attendait en bas, dans la salle à manger où l'on prenait le petit déjeuner.

— Andreo m'a dit que tu n'étais pas très en forme. Il était inquiet à ton sujet. Dis-moi, il est beau comme un dieu, ajouta-t-elle d'un ton complice. Christian et lui s'entendent comme larrons en foire, figure-toi !

— Ça ne m'étonne pas du tout, avoua Pippa. Où sont-ils ?

— Ils voulaient soi-disant parler affaires tous les deux mais il y a fort à parier qu'ils ne tarderont pas à visiter la cave… s'ils ne décident pas d'aller faire un tour avec le bolide que Christian vient de s'offrir ! conclut Tabby en riant.

— Quel est le moyen le plus rapide de savoir si l'on est enceinte ? demanda Pippa tout de go.

Tabby cligna des yeux, interloquée. Au bout d'un silence qui parut durer une éternité, elle déclara :

— Je peux prendre rendez-vous avec mon médecin, si tu veux. Il te prescrira une analyse de sang sur-le-champ.

Pendant que Tabby s'occupait de contacter le cabinet médical, Pippa sirota une tasse de thé, trop anxieuse pour avaler quoi que ce soit. Lorsqu'elles prirent la voiture un moment plus tard, son amie se tourna vers elle avec un sourire reconnaissant.

— Merci de me faire confiance, Pippa.

Deux heures plus tard, le doute n'était plus permis : elle attendait un bébé.

— Que comptes-tu faire ? s'enquit Tabby sur le chemin du retour.

— Je ne sais pas, avoua Pippa, incapable de démêler l'écheveau de ses pensées confuses.

— Commence par en parler avec Andreo. C'est bien lui le père du bébé, n'est-ce pas ? risqua Tabby en lui jetant un coup d'œil furtif.

Pippa hocha la tête en silence.

— En tout cas, il est formidable avec les enfants, reprit son amie. Jake et Jolie ont monopolisé son attention toute la matinée et il s'est occupé d'eux avec beaucoup d'enthousiasme ! Tu es sous le choc, Pippa, il te faut un peu de temps pour t'habituer à l'idée mais tu verras, tout rentrera dans l'ordre naturellement.

— Oui, sans doute, murmura Pippa d'une voix mal assurée.

La simple idée qu'une vie était en train de germer en elle la bouleversait profondément. C'était une chose extraordinaire, un vrai petit miracle… un événement digne d'être fêté ! En même temps, sa relation avec Andreo était loin d'être simple et elle ne pouvait ne pas en tenir compte.

— Personnellement, j'adore les bébés, déclara Tabby en garant la voiture devant l'imposante demeure familiale. Christian voulait qu'on attende encore un peu avant d'agrandir la famille mais j'ai tellement insisté qu'il a fini par céder ! Je ne voulais pas qu'il y ait trop d'écart d'âge entre nos enfants.

Christian et Andreo apparurent sur le perron. En apercevant ce dernier, infiniment séduisant dans une chemise bleu ciel et un pantalon de toile beige, Pippa sentit les battements de son cœur se précipiter.

— Tu as oublié de me prévenir que tu sortais, chérie, lança Christian à l'adresse de son épouse.

— Et toi, tu ne m'as pas dit que tu emmenais Andreo à bord de ta McLaren pour lui faire faire le tour de la propriété, riposta Tabby d'un ton espiègle.

— Tes bagages sont déjà à bord de l'hélicoptère, intervint Andreo en se tournant vers Pippa.

La jeune femme réprima un sourire. N'ayant pas réussi à l'enlever, elle, il s'était rabattu sur ses valises et son journal intime !

Après avoir pris congé de leurs hôtes, tous deux se dirigèrent côte à côte vers l'héliport.

— Comment te sens-tu ? demanda-t-il.

— Très bien, merci. J'ai eu un petit malaise, rien de grave, répondit Pippa d'un ton évasif. Où se trouve ta maison, au juste ?

— Près de Bourdeilles. J'ai eu un coup de cœur pour cette région, le paysage me rappelait un peu la Toscane, avec ses forêts, ses champs et ses prairies verdoyantes. Ma maison te plaira, je crois. Le cadre est très paisible.

— Je n'en doute pas une seconde. Je prendrai une chambre à

Brantôme. Ma mère est enterrée dans un village voisin. J'avais dix-sept ans la dernière fois que je suis venue en France.

Elle se tut un instant avant de continuer.

— Un accident de voiture a coûté la vie à ma mère et à plusieurs amis de mes parents, cet été-là, expliqua-t-elle d'une voix blanche. C'est une sorte de pèlerinage pour moi et je crains de ne pas être d'excellente compagnie.

Andreo s'abstint de tout commentaire. Les circonstances de l'accident figuraient dans le rapport d'enquête que lui avait remis le détective privé qu'il avait engagé après la disparition subite de Pippa. Après avoir donné quelques instructions au pilote de l'hélicoptère, il aida la jeune femme à attacher sa ceinture. Très pâle, son visage trahissait le mélange d'angoisse et d'appréhension qui l'habitait.

Ils atterrirent bientôt sur un aérodrome privé et poursuivirent leur voyage à bord du 4x4 Mercedes qui les attendait en bout de piste.

Murée dans le silence, Pippa contemplait le paysage familier qui l'entourait. Les souvenirs de cet été tragique l'assaillirent brutalement et elle ferma les yeux pour tenter de leur échapper…

— Nous sommes arrivés.

En entendant la voix grave d'Andreo, elle émergea lentement du profond sommeil qui l'avait happée. Telle une somnambule, elle descendit de voiture et promena autour d'elle un regard hébété. Une petite église de campagne se dressait devant elle.

— Je me suis souvenu des indications portées dans le rapport d'enquête, expliqua Andreo en prenant dans le coffre un magnifique bouquet de fleurs. Je me suis arrêté chez un fleuriste en chemin. J'aurais peut-être dû te réveiller pour que tu choisisses…

— Non, c'est parfait, murmura Pippa, touchée par sa sollicitude.

Andreo glissa un bras autour de sa taille. Malgré le soleil qui réchauffait la campagne, il la sentit frissonner. Ensemble, ils remontèrent l'allée principale du petit cimetière soigneusement entretenu.

Une fois devant la tombe de sa mère, Pippa s'agenouilla et posa délicatement les fleurs sur le marbre gris.

— Nous séjournions dans un petit village pas très loin d'ici, raconta-t-elle, rattrapée par ses souvenirs. On ignorait encore que nos vacances tourneraient au cauchemar. Tabby passait le plus clair de son temps avec Christian pendant que sa belle-mère, Lisa, faisait les yeux doux à mon père sans se soucier de ma pauvre mère. Je me suis disputée avec maman à ce sujet, le jour de l'accident. Furieuse contre la terre entière, je l'ai suppliée de rentrer à la maison, de laisser papa flirter librement avec Lisa, si c'était ce qu'il désirait... Maman s'est mise en colère, bien sûr. Je lui ai dit que j'avais honte d'elle parce qu'elle se laissait traîner dans la boue sans réagir !

Un sanglot s'échappa de ses lèvres et elle conclut d'une voix à peine audible :

— Nous nous sommes réconciliées, Dieu merci, mais je regrette encore de lui avoir parlé ainsi.

Andreo considéra d'un air grave son joli visage crispé par le chagrin.

— C'était ta mère, *cara mia*. Je suis sûr qu'elle a très bien compris ta réaction.

Les larmes roulaient librement sur les joues de Pippa à présent. Agenouillée devant la tombe fleurie, elle baissa la tête et resta là un long moment, secouée de sanglots. Lorsqu'elle recouvra son calme, Andreo l'aida à se relever et la conduisit jusqu'à la voiture en la serrant tendrement contre lui.

Une fois installée à l'avant du véhicule, Pippa se sentit à la fois vidée de ses forces et habitée d'une curieuse sérénité. Pour la première fois depuis le début de la journée, elle remarqua le soleil éclatant qui brillait dans un ciel limpide, d'un bleu azuré.

La Mercedes traversa plusieurs villages où les vieilles maisons de pierre sommeillaient paisiblement, gorgées de chaleur. En ces premiers jours d'été, la campagne se parait encore d'une végétation luxuriante. Ils atteignirent bientôt Bourdeilles, petite bourgade plantée au bord d'une charmante rivière. Pippa se souvint avoir visité l'imposant château qui surplombait les autres bâtisses.

— Tu t'es trompé de direction, il me semble...

— Je t'emmène chez moi, *amore*.

— Je devrais protester mais je n'en ai pas la force, déclara-t-elle avec un petit sourire contrit.

Vu les circonstances, elle avait plus que jamais besoin de la présence rassurante d'Andreo à ses côtés, autant l'admettre. A la sortie du bourg, ce dernier engagea la voiture dans un petit chemin sablonneux puis il s'arrêta.

— C'est là...

Au-delà d'un champ de tournesols se dressait fièrement une vieille bâtisse en pierre ocre, ornée d'une tour et chapeautée de tuiles canal rougeoyantes. On eût dit qu'elle se tenait là, au milieu des bois et des prairies, depuis la nuit des temps.

— C'est magnifique, murmura Pippa tandis qu'Andreo appuyait sur l'accélérateur. A quelle époque a-t-elle été construite ?

— Au quatorzième siècle. C'est un ancien prieuré. J'avais dix-huit ans quand je l'ai acheté.

— Dix-huit ans ? répéta Pippa, surprise.

Un sourire étira les lèvres d'Andreo.

— Je m'étais enfui de chez moi parce que mes parents s'obstinaient à me traiter comme un adolescent...

— On *est* adolescent, à dix-huit ans !

Andreo la gratifia d'une œillade moqueuse.

— Nous échangerons plus tard nos conceptions divergentes sur la jeunesse.

Il gara la voiture sous un bosquet de châtaigniers majestueux. Au pied de la colline, un ruisseau serpentait tranquillement au milieu d'un pré piqueté de fleurs champêtres. Le calme qui régnait alentour était presque palpable, infiniment relaxant. Devançant Andreo de quelques enjambées, Pippa s'avança vers la vieille porte de bois brut, ouverte sur une vaste entrée peinte d'un bleu aussi intense que celui du ciel.

— Du bleu…

— C'est ma couleur préférée, murmura Andreo juste derrière elle. Comme tes yeux.

Si elle n'avait pas déjà été amoureuse de lui, Pippa serait tombée sous le charme en cet instant précis !

— Quelqu'un habite ici ?

— J'ai demandé à ma femme de ménage d'aérer la maison et de faire quelques courses avant mon arrivée, expliqua Andreo. Elle habite dans une ferme voisine.

— Tu prévois toujours tout, n'est-ce pas ?

— Pas toi ?

Pippa ne répondit pas, prise au dépourvu. Andreo avait raison : elle aussi prévoyait tout, elle aussi avait l'habitude de programmer son emploi du temps à la minute près… Mais elle n'avait prévu ni son arrivée intempestive dans sa petite vie bien réglée, ni celle du bébé qui grandissait en elle, fruit du désir, petit être entièrement dépendant d'eux. A cette pensée, sa gorge se serra. Elle aimait déjà cet enfant…

— Tu restes, n'est-ce pas, *cara ?*

S'arrachant à sa rêverie, elle rencontra le regard pénétrant d'Andreo.

— A condition que…, commença-t-elle.

Andreo posa son index sur ses lèvres entrouvertes.

— Il n'y a pas de condition. Je déteste les conditions. Fais-moi confiance, c'est tout ce que je te demande, ajouta-t-il en la prenant par la main pour l'entraîner vers l'escalier en pierre qui menait à l'étage.

Dans la chambre à coucher, Pippa s'approcha de l'immense fenêtre voûtée qui offrait une vue spectaculaire sur la vallée verdoyante. Telle un serpent argenté, la rivière zigzaguait entre les herbes folles. La jeune femme ferma les yeux, éblouie par la luminosité. Andreo vint se poster derrière elle. Avec une délicatesse infinie, il baissa la fermeture Eclair de sa robe et posa ses lèvres chaudes à la jonction si sensible de son cou et son épaule.

Parcourue d'un frisson exquis, elle retint son souffle et rejeta la tête en arrière en signe de reddition. Sa robe glissa par terre dans un doux bruissement. Lorsque Andreo la souleva dans ses bras pour la conduire jusqu'au lit, elle s'accrocha à son cou en murmurant :

— Je ne devrais pas te céder aussi facilement…

Andreo laissa échapper un rire rauque.

— C'est précisément ce que tu aimes chez moi… je te fais perdre la tête…

Pippa chercha son regard.

— Qu'est-ce qui te permet de dire ça ?

— Tu n'es pas d'une nature audacieuse, Pippa. Tes vêtements sont tous de la même couleur, tes livres sont classés par ordre alphabétique dans ta bibliothèque, ton bureau est impeccablement rangé.

A ces mots prononcés d'un ton malicieux, le cœur de Pippa fit un bond dans sa poitrine.

— Rends-moi mon journal intime.

Le rire d'Andreo résonna de nouveau.

— Tu sais parfaitement que je ne le lirai pas. C'était juste un moyen de pression et j'avoue que je me suis bien amusé, hier soir.

Il se tut un instant. Lorsqu'il reprit la parole, son visage trahissait le plus grand sérieux.

— Mais ne t'avise surtout pas de disparaître de nouveau, *amore*. Je ne le supporterai pas.

Pippa baissa les yeux, troublée par son expression à la fois grave et tourmentée. Sans en être réellement consciente, elle avait fait un choix : à demi nue dans le grand lit de sa demeure française, elle se sentait de nouveau vivante, sereine, après tous ces jours passés à se morfondre.

— Embrasse-moi, murmura-t-elle d'une voix étranglée.

Andreo ne se fit pas prier. Leurs bouches s'unirent dans un baiser avide et enfiévré.

— Tu es si belle, *cara*... Je passerais ma vie à te caresser...

Avec des gestes fébriles, ils achevèrent de se déshabiller. Trop longtemps refoulé, le désir qui jaillissait entre eux les entraîna dans un tourbillon de volupté.

— Je ne peux pas attendre plus longtemps, murmura Andreo en promenant ses mains impatientes sur le corps de Pippa, totalement abandonnée.

Plongeant ses yeux clairs dans ceux d'Andreo, elle écarta les cuisses et leva ses hanches vers lui. Infiniment érotique, l'invitation arracha un gémissement à son compagnon qui la pénétra d'un mouvement souple. Pippa ferma les yeux, électrisée par mille et une sensations plus grisantes les unes que les autres. Pour la première fois depuis qu'elle connaissait Andreo, elle sentait qu'il n'était plus maître de ses actes et ce constat attisait encore le désir qui l'embrasait tout entière.

— Andreo...

Aiguillonné par son ton implorant, il plongea en elle encore et encore, de plus en plus vite. Pippa n'écoutait plus que son corps et celui d'Andreo qui ne faisaient qu'un, soudés par le désir. Son cœur cognait si fort dans sa poitrine qu'elle avait l'impression d'être propulsée dans les airs. Au bord de l'extase, elle noua ses jambes autour des hanches d'Andreo et cria de nouveau son prénom. L'instant d'après, il la rejoignit en laissant échapper un long gémissement.

Pippa redescendit lentement sur terre. Elle était agrippée à Andreo comme à une bouée, bras et jambes noués autour de lui dans une étreinte possessive. L'entraînant avec lui, il roula sur le dos et l'embrassa longuement.

— Repose-toi, *amore*.

Pippa enfouit son visage dans le creux de son cou, inhalant avec bonheur son parfum épicé.

— Je vais te rendre ton journal, reprit-il d'un ton amusé. Tu viens tout juste de te faire pardonner. C'était absolument incroyable…

Elle se lova contre lui, bien décidée à savourer chaque instant. Comment réagirait-il lorsqu'elle lui annoncerait qu'elle était enceinte ? Le retour à la réalité serait brutal, la magie de leur histoire se dissiperait d'un coup, c'était évident. Il se sentirait piégé, acculé… trahi, peut-être.

— Tellement incroyable, reprit Andreo d'un ton rêveur, qu'il est grand temps de tirer quelques détails au clair…

Elle se raidit.

— A quel sujet ?

— Hier soir, tu as dit que tu avais des projets en France et que tu avais bien l'intention de les mener à bien… Comme si notre histoire ne comptait pas plus que ça pour toi. Est-ce la vérité ?

Il la coucha prestement sur le dos et s'allongea sur elle. Son regard sombre, pailleté d'or, se souda au sien.

— Notre relation est-elle purement sexuelle pour toi ? insista-t-il en considérant avec attention son visage empourpré.

Pippa avala sa salive, hésitante. Devait-elle lui dire la vérité, toute la vérité… ou devait-elle continuer à lui mentir ? Dans les deux cas, les risques existaient bel et bien, lourds de conséquence. Andreo laissa échapper un petit rire.

— Dire que je me suis donné tant de mal à dénicher chaque jour des fleurs fraîches et des cartes originales…

— C'était adorable, vraiment…

— Ne te donne pas cette peine, *cara*.

Avec la souplesse d'un félin, Andreo se glissa entre ses cuisses et, se penchant sur elle, captura ses lèvres. Un long frisson parcourut Pippa. Elle aurait dû protester, rétablir la vérité, s'expliquer… mais déjà, une nouvelle vague de désir montait en elle. Et lorsque la langue d'Andreo se mêla lascivement à la sienne, elle perdit le fil de ses pensées et sombra avec délice dans le monde de volupté que lui offrait son amant.

Pippa se réveilla et s'étira langoureusement entre les draps froissés. Fidèle à ses habitudes, Andreo, lui, s'était levé aux premières lueurs de l'aube.

Soudain, Pippa sentit son estomac chavirer et elle se leva d'un bond pour courir jusqu'à la salle de bains. Depuis deux jours, ses nausées étaient moins violentes. Sans doute ne tarderaient-elles pas à disparaître complètement, songea-t-elle, d'humeur légère, en s'enveloppant dans un peignoir.

Le rez-de-chaussée était désert, la Mercedes n'était pas dans l'allée. Elle trouva un petit mot sur la console de l'entrée : Andreo était allé chercher des pains au chocolat au village voisin. Un sourire radieux éclaira le visage de Pippa. C'étaient ses viennoiseries préférées… Andreo la gâtait comme jamais personne ne l'avait encore fait.

« J'aime te surprendre… J'aime t'entendre rire, *amore* », lui avait-il avoué la veille avec ce sourire enjôleur qui la bouleversait.

Pippa décida d'aller prendre une douche. Cinq jours s'étaient écoulés depuis leur arrivée, cinq jours merveilleux qui avaient passé à une vitesse prodigieuse. Grâce à Andreo, elle laissait enfin s'exprimer sa nature rieuse et insouciante, libérée de toute contrainte, de toute inhibition. Auprès de lui, elle goûtait à tous les plaisirs de la vie en s'émerveillant de recevoir autant de bonheur.

Elle aimait par-dessus tout les longues soirées passées sur la terrasse, lorsque les ombres commençaient à s'allonger et qu'il faisait moins chaud ; après un repas léger et savoureux servi par la pétulante Jeanne, femme de ménage et véritable cordon-bleu, ils s'asseyaient côte à côte sur le banc de pierre et discutaient avec entrain jusqu'à ce que la nuit enveloppe le paysage bucolique qui s'offrait à leurs yeux.

Pippa était en train de démêler ses cheveux humides lorsqu'elle entendit un bruit de moteur. Croyant qu'il s'agissait de la Mercedes, elle courut à la fenêtre où elle ne vit que Guillaume, le mari de Jeanne, manœuvrant un tracteur dans le champ voisin. Au même instant, le téléphone sonna et elle alla décrocher.

— Pippa ? C'est Tabby. J'ai essayé de te joindre sur ton portable mais…

— La batterie est vide, coupa Pippa d'un ton contrit. J'ai oublié de le recharger.

— Heureusement, Andreo avait laissé son numéro à Christian. Pour être franche, j'étais assez surprise de ne pas avoir de nouvelles…

— Je sais, Tabby. J'aurais dû t'appeler, ce n'est pas très sympa de ma part.

— Alors vite, dis-moi tout, implora son amie. Comment ça se passe, entre vous ?

Il y eut un cliquètement sur la ligne et Pippa haussa la voix pour se faire entendre.

— Oh ! tu sais, il n'y a pas grand-chose à dire…

— Dois-je comprendre que tu ne lui as toujours pas dit que tu étais enceinte ? demanda Tabby d'un ton incrédule.

Pippa esquissa une grimace.

— Tabby, je t'en prie… essaie de comprendre…

— Excuse-moi, je ne suis pas en train de te jeter la pierre, tu sais… Simplement, je me fais un peu de souci pour toi.

Un bruit de pas dans l'escalier fit soudain sursauter Pippa.

Pivotant sur ses talons, elle découvrit Andreo dans l'embrasure de la porte. Vêtu d'un jean délavé et d'une chemise noire, il dégageait une beauté sombre, presque inquiétante. Son regard noir étincelait dangereusement. Elle retint un petit cri en apercevant le deuxième combiné téléphonique qu'il tenait à la main. Son sang ne fit qu'un tour : Andreo avait sûrement entendu le début de leur conversation.

— Excuse-moi, Tabby, je dois te laisser, murmura Pippa d'une voix blanche. Je te rappellerai plus tard.

9.

— Je te croyais encore au lit, dit Andreo. J'ai décroché le téléphone du bas pour appeler Marco. Ai-je bien entendu ? Est-ce que c'est vrai ?

Pâle comme un linge, Pippa feignit de ne pas comprendre.

— De quoi parles-tu ?

Andreo la fixa sans ciller.

— Tu es enceinte, c'est vrai ?

Elle expira lentement. Il fallait absolument qu'elle domine ses émotions.

— Oui…, admit-elle tandis que ses mains se joignaient nerveusement.

— Et je suis le père de l'enfant que tu portes ?

Un flot de sang envahit son visage.

— Comment oses-tu me poser une question pareille ? s'indigna-t-elle.

Andreo resta de marbre.

— Je viens de découvrir que tu n'es pas la femme droite et franche que je croyais connaître, répliqua-t-il, cinglant. A partir de là, permets-moi de mettre ta parole en doute.

Pippa vacilla, profondément blessée par ses insinuations.

— C'est ton bébé, affirma-t-elle avec véhémence, les yeux rivés à ceux d'Andreo. Je… ce n'est pas ainsi que je souhaitais t'annoncer ma… mon état.

Andreo eut un rire dédaigneux.

— Tu n'avais pas l'intention de m'en parler, voilà la triste vérité. Pourquoi aurais-tu attendu tout ce temps, sinon ? Je ne suis pas né de la dernière pluie, contrairement à ce que tu sembles croire. Tes intentions sont aussi limpides que méprisables. C'est pour cela que tu as quitté Londres précipitamment, n'est-ce pas ? Tu ne voulais pas m'en parler et tu ne m'aurais rien dit si je n'avais pas surpris ta conversation avec Tabby. Pourquoi refuses-tu de l'admettre ?

Pippa leva les yeux au ciel.

— Parce que c'est complètement faux ! Jamais je n'aurais fait ça, tu te trompes !

Le doute se lisait encore dans les yeux noirs d'Andreo.

— J'ai du mal à te croire, excuse-moi…

— Pourquoi refuses-tu de m'écouter ? s'insurgea-t-elle, en proie à une frustration grandissante. Pour commencer, tu sais pertinemment pourquoi j'ai quitté Londres sans te prévenir. En te voyant avec Lili Richards, j'ai cru que tu m'avais trahie et j'ai préféré m'éclipser pour éviter de subir un autre affront. Mais je ne savais pas encore que j'étais enceinte, je ne l'ai appris que le lendemain de ton arrivée en France !

Elle soutint le regard noir qui semblait vouloir la transpercer.

— J'avais l'intention de t'en parler, je t'assure…

Andreo haussa les épaules.

— Permets-moi d'en douter. Tu n'aimes pas les enfants, tu n'en veux pas, tu me l'as dit l'autre jour.

— Je n'ai jamais dit que je n'aimais pas les enfants, protesta Pippa, piquée au vif.

La bouche sensuelle d'Andreo prit un pli dur.

— En tout cas, tu n'en veux pas…

— Qu'est-ce que tu en sais ? Mes envies ont peut-être changé depuis que je porte un bébé.

Un silence tendu accueillit ses paroles. Finalement, il laissa échapper un soupir.

— Parlons-en calmement, d'accord ? Après tout, nous sommes deux adultes capables de dialoguer et de prendre des décisions mûrement réfléchies, il me semble.

— Très bien, fit Pippa avec un petit rire forcé. Sais-tu changer une couche ?

Devant l'expression décontenancée de son compagnon, elle leva les yeux au ciel.

— Apparemment, tu n'as aucune expérience en la matière, quel dommage ! Qu'en est-il des biberons et des terreurs nocturnes ?

Cette fois, Andreo fronça les sourcils.

— Nous pourrions engager une nounou.

Pippa émit une exclamation dédaigneuse.

— Evidemment, c'est tellement plus simple de confier à une tierce personne l'éducation de son enfant ! Désolée, mais ce n'est pas ma conception de la maternité. Personnellement, je...

— Un instant, veux-tu ? coupa Andreo, de plus en plus perplexe. Qu'attends-tu de moi, au juste ?

Elle le considéra longuement, en proie à des émotions contradictoires.

— Davantage qu'une nounou et de l'argent à profusion, en tout cas, répondit-elle sèchement.

Les yeux d'Andreo étincelèrent de colère.

— Je suis prêt à t'offrir beaucoup plus... Je commencerai par t'épouser.

Pippa eut l'impression qu'une main glacée lui enserrait le cœur. Ce n'était pas ainsi qu'elle avait rêvé sa demande en mariage... Jamais elle ne pourrait se résoudre à épouser Andreo dans ces conditions-là ! Elle l'aimait de tout son cœur, de toute son âme et c'était précisément au nom de cet amour qu'elle refusait de l'entraîner dans un mariage contraint. Mieux que quiconque, elle connaissait les douloureux écueils de ce genre d'union où la raison prévalait sur les sentiments, inexistants.

Percevant ses réticences, Andreo reprit avec ferveur :

— Nous nous entendons merveilleusement bien au lit, *cara mia*. J'ai constamment envie de toi, je sais que tu ressens la même chose pour moi. Et je veux cet enfant… notre enfant.

Ravalant ses larmes, Pippa quitta la pièce et dévala l'escalier.

— J'appelle un taxi, lança-t-elle par-dessus son épaule. Peux-tu me donner l'adresse exacte de la maison ?

Andreo la rejoignit rapidement. Son visage sombre ne trahissait aucune émotion.

— Tu ne partiras pas…

— Tu crois ça ? fit Pippa avec une assurance feinte.

— Je t'ai demandée en mariage…

Pippa émit un rire sans joie.

— Oui et ce fut une demande tellement romantique qu'elle restera à jamais gravée dans ma mémoire !

Elle marqua une pause avant de conclure en martelant chaque syllabe :

— Sache que je n'ai besoin de personne, Andreo !

Sur ce, elle voulut sortir, pressée d'échapper au regard scrutateur de son compagnon. Plus rapide qu'elle, il la stoppa dans son élan.

— Cesse de faire l'enfant, je t'en prie.

Vexée, Pippa fit volte-face, prête à répliquer vertement. Prise d'un vertige incontrôlable, elle releva le menton comme pour mieux résister à l'espèce de torpeur qui l'assaillait. Chancelante, elle se sentit glisser dans un long tunnel sombre.

Lorsqu'elle reprit connaissance, Pippa était allongée sur le grand lit de la chambre à coucher. Penché au-dessus d'elle, Andreo lui essuyait délicatement le visage à l'aide d'un gant de toilette humide. Agacée par ce corps qui ne cessait de la trahir, elle marmonna entre ses dents :

— J'ai toujours l'intention de partir.

— Si le docteur donne son accord, murmura Andreo d'un ton neutre.

— Quel docteur ?

— Celui que je viens d'appeler. Tu as été très malade, tu sais…

Pippa haussa les épaules.

— Ce ne sont que de banales nausées. J'ai l'habitude, maintenant.

Mais lorsqu'elle voulut se redresser, la pièce sembla de nouveau basculer et elle ferma les yeux.

— Reste tranquille, tu veux ? murmura Andreo en effleurant son front d'une caresse aérienne. Ça ne sert à rien de t'emporter comme ça.

— Je ne m'emporte pas, protesta-t-elle d'un air buté.

— Il faut que tu saches que je ne te regarderai pas partir les bras ballants, *carissima,* déclara Andreo. Je te suivrai partout jusqu'à ce que tu admettes enfin que tu as autant besoin de moi que j'ai besoin de toi. Il n'y a pas de mal à ça, tu sais.

Pippa n'eut pas le loisir de s'attarder sur les paroles d'Andreo : le médecin choisit ce moment précis pour faire son apparition. Après un rapide examen, il lui recommanda du calme, du repos et une alimentation équilibrée. Dès qu'il fut parti, Andreo lui apporta un délicieux repas qu'elle mangea de bon appétit, contre toute attente.

— C'est drôle, je n'ai pas entendu la voiture de Jeanne. Elle cuisine divinement bien, n'est-ce pas ?

— Jeanne n'est pas encore arrivée. C'est moi qui ai préparé le repas.

— C'est vrai ? s'exclama Pippa, stupéfaite.

— J'ai vécu ici six mois tout seul. Soit je me laissais mourir de faim, soit je prenais les choses en main, c'était aussi simple que ça.

Terrassée par une vague de fatigue, Pippa appuya sa tête contre l'oreiller. Empreint de noblesse, le profil d'Andreo se découpait sur le mur de pierre.

— C'était après que tu te sois enfui de chez toi, c'est ça ? demanda-t-elle. Que fabriquais-tu, ici ?

— J'étais en pleine crise de rébellion, répondit Andreo en laissant échapper un petit rire teinté d'amertume. J'étais tombé amoureux d'un mannequin en Italie. Elle s'appelait Fia et elle avait cinq ans de plus que moi. Mon père voyait notre idylle d'un très mauvais œil. Il avait même menacé de me déshériter si je ne mettais pas un terme à notre histoire. Fia et moi avons fui en France dans l'espoir de vivre notre amour en toute liberté. Malheureusement, les choses ont pris une tournure beaucoup plus triviale. Avant même que je décide d'acheter ce prieuré, l'élue de mon cœur avait accepté une somme d'argent conséquente de la part de mon père, qui exigeait qu'elle me quitte en retour.

Pippa esquissa une moue désolée. Même si la simple idée qu'il ait connu d'autres femmes avant elle la rendait folle de jalousie, elle ne pouvait s'empêcher d'éprouver un élan de compassion pour le jeune homme naïf et plein d'illusions qu'il avait été autrefois.

— Je suis resté ici pour panser mes blessures, reprit-il. Je n'étais pas à la rue : mes grands-parents m'avaient légué une jolie somme… Pas assez alléchante pour retenir Fia mais suffisante pour subvenir à mes besoins.

Pippa tendit la main vers lui.

— Andreo…

— Chut… Repose-toi.

Il se leva et resta près d'elle, la dominant de toute sa hauteur.

— Je ne veux pas que tu te sentes obligé de m'épouser parce que je suis enceinte, dit-elle à mi-voix.

— Ne sois pas ridicule, *amore*. Que ferais-tu sans moi ? Tu es incapable de prendre soin de toi.

Pippa leva le menton vers lui d'un air menaçant.

— Je ne te permets pas !

— C'est pourtant la vérité. Regarde, poursuivit-il en comptant sur ses doigts : *primo,* tu refuses une promotion et tu renonces sur un coup de tête à une brillante carrière ; *secundo,* tu jettes aux orties une belle histoire prometteuse ; *tertio,* tu es tellement têtue que tu ne prends même pas le temps de t'asseoir alors que tu es au bord de l'évanouissement. Je vais arrêter là, je crois que ça suffit pour le moment. Après ça, permets-moi de rire doucement quand tu prétends pouvoir tout assumer seule…

Excédée, Pippa secoua vigoureusement la tête.

— Rira bien qui rira le dernier ! Je vais me reposer un peu et puis je partirai. En attendant, je te serais reconnaissante de bien vouloir commander un taxi pour 15 heures.

Andreo l'enveloppa d'un regard impénétrable.

— Non.

— J'ai bien l'intention de garder notre bébé. Je ne te dirai rien de plus pour le moment. Si j'ai besoin de ton aide, je te contacterai, conclut-elle en glissant sous les draps.

Andreo exhala un soupir impatient. Quelques instants plus tard, quelque chose atterrit sur le lit et elle ouvrit les yeux pour apercevoir la couverture rose de son journal intime.

— Je ne l'ai pas ouvert, assura Andreo.

Pippa rougit.

— Je sais.

— J'ai rendez-vous chez le notaire cet après-midi pour négocier l'achat d'un terrain, expliqua-t-il, mais je vais annuler.

— Ne te donne pas cette peine, c'est idiot, dit Pippa en évitant délibérément de le regarder. Je suis très fatiguée, je vais profiter de ton absence pour me reposer.

Andreo s'accroupit devant elle et elle n'eut d'autre choix que de plonger ses yeux dans les siens.

— Je vais demander à Jeanne de te surveiller.

— Je t'en prie, ne me traite pas comme une gamine…

Un sourire éclaira brièvement le visage d'Andreo. Avec une grande douceur, il prit sa main et la porta à ses lèvres.

— D'accord. Mais tu dois me promettre d'être raisonnable et de ne pas surestimer tes forces si tu te lèves.

Touchée par sa sollicitude, Pippa ne put s'empêcher de sourire.

— D'accord…

Inclinant sa tête brune vers elle, il fit courir sa langue sur ses lèvres dans une caresse infiniment sensuelle.

— Promets-moi aussi de manger tout ce que Jeanne t'apportera.

— Tu peux partir tranquille, murmura-t-elle contre sa bouche, traversée d'une onde de chaleur exquise.

— Et si tu es vraiment très sage, tu auras des pains au chocolat au goûter… Repose-toi bien, j'ai très envie de te faire l'amour à mon retour, murmura-t-il entre deux baisers langoureux. Mais si je te trouve encore un peu fatiguée, je m'abstiendrai…

Il se libéra de son étreinte avec un petit rire espiègle et elle le regarda partir, pantelante de désir. Comme elle l'aimait… Un sourire béat aux lèvres, elle s'assoupit.

Lorsqu'elle se réveilla, il lui sembla que la porte de la chambre venait à peine de se refermer. Pourtant, il était presque 14 heures. Elle avait dormi deux heures.

Quelques minutes plus tard, elle entendit le moteur de la Mercedes ronronner dans la cour. Andreo s'en allait chez le notaire. Elle ne serait pas là quand il rentrerait. Résistant à l'envie puérile de courir à la fenêtre pour le regarder partir, elle fixa le mur devant elle, s'obligeant à songer à toutes les raisons pour lesquelles, malgré l'amour qu'elle portait à Andreo, elle ne pouvait l'épouser. L'idée qu'il puisse lui reprocher un jour, comme son père l'avait fait avec sa mère, de l'avoir piégé dans un mariage sans amour en tombant enceinte l'emplissait d'effroi. Elle ne supporterait ni son mépris, ni ses accusations.

Perdue dans ses sombres pensées, elle se leva et s'habilla mécaniquement. Il était encore temps de partir. Avec un peu de chance, le chagrin qui lui étreignait déjà le cœur s'estomperait avec le temps… Oui, avec un peu de chance…

Jeanne émergea de la cuisine au moment où elle descendait le grand escalier de pierre, sa valise à la main. Après avoir échangé quelques plaisanteries avec la femme de ménage, Pippa annonça son intention d'appeler un taxi pour se rendre à Bourdeilles. Dissimulant mal son étonnement, Jeanne proposa de l'accompagner : elle devait aller faire quelques courses en ville.

Un moment plus tard, elle montait à bord de la vieille guimbarde de Jeanne. La voiture s'élança bientôt à toute allure sur l'étroite route de campagne. Soudain, Pippa se souvint d'avoir entendu Andreo se moquer gentiment de la conduite de sa femme de ménage. Accrochée à son siège, elle tenta de se rassurer : c'était une toute petite route que personne n'empruntait, ou presque. Un petit cri lui échappa lorsque Jeanne vira brusquement à gauche.

Surgie de nulle part, une camionnette se matérialisa devant elles. Un long coup de klaxon couvrit le bruit du moteur tandis que Jeanne tournait fébrilement le volant pour tenter d'éviter le véhicule qui fonçait droit sur elles.

« J'aurais dû accepter de l'épouser… » Ce fut la toute dernière pensée de Pippa avant que la petite voiture ne bascule dans le fossé.

10.

Pippa ouvrit prudemment les yeux.

La voiture était piteusement plantée dans le bas-côté. Les mains encore crispées sur le volant, Jeanne sanglotait, sous le choc. Dieu merci, elles n'étaient pas blessées. Quant à la camionnette responsable de leur brusque embardée, elle avait disparu.

D'une main tremblante, Pippa tourna la clé de contact pour éteindre le moteur. Après s'être assurée que Jeanne ne souffrait d'aucune blessure, elle l'invita à sortir du véhicule, arguant qu'elles seraient plus en sécurité à l'extérieur. En s'extirpant de la voiture, Pippa déchira sa veste qui resta coincée dans la portière. Avec un soupir impatient, elle s'en débarrassa pour aider sa compagne à sortir à son tour.

Quelques minutes plus tard, un vieux fourgon s'immobilisa sur la chaussée. Guillaume, le mari de Jeanne, descendit prestement, suivi de près par leur fils. Les voisins avaient vu l'accident et s'étaient empressés d'alerter Guillaume qui travaillait dans le champ d'à côté.

Après avoir expliqué les circonstances de leur mésaventure, Pippa monta à bord de la fourgonnette en compagnie de Jeanne, de son mari et de son fils.

— Je vous conduirai en ville tout à l'heure, dès que vous serez remise de vos émotions, lui proposa ce dernier.

— C'est gentil mais j'ai changé d'avis. Je n'irai nulle part aujourd'hui, déclara Pippa d'une voix tremblante.

Elle releva le menton pour donner du poids à ses paroles. C'était surprenant comme un accident pouvait remettre certaines choses en perspective, songea-t-elle lorsqu'elle se retrouva seule au prieuré. Curieusement, le ciel ne lui avait jamais paru plus bleu ni le soleil plus éclatant. Autour d'elle, la nature déployait une palette de couleurs intenses, éblouissantes.

Comment avait-elle pu songer un seul instant à quitter Andreo une deuxième fois ? Un sentiment de honte et de culpabilité l'habitait, en même temps qu'elle s'émerveillait d'avoir ouvert les yeux à temps… Pourquoi diable avait-elle mis tant de temps à réaliser qu'il ne ressemblait aucunement à son père ?

Andreo reprit le chemin du prieuré après avoir abrégé son rendez-vous chez le notaire. En apercevant la voiture de Jeanne dans le fossé et la veste de Pippa coincée dans la portière, à moitié déchirée, son sang ne fit qu'un tour. Glacé jusqu'aux os, il appuya sur l'accélérateur.

En arrivant devant le prieuré, il vit Pippa dans l'encadrement de la porte du salon. La lumière ambrée qui entrait à flots par les élégantes portes-fenêtres irisait de reflets cuivrés sa chevelure flamboyante et accentuait encore la pâleur de son teint.

Andreo pénétra dans la maison à grandes enjambées.

— *Per meraviglia !* Tu es là ! Tu n'es pas blessée, n'est-ce pas ? Quand j'ai aperçu ta veste coincée dans la portière de la voiture accidentée, j'ai imaginé le pire… Je te croyais à l'hôpital… Je ne savais même pas où l'on t'avait transportée.

Sa voix se brisa.

— Nous… nous avons failli percuter une camionnette, expliqua Pippa, troublée par l'angoisse qui voilait le beau visage d'Andreo.

Murmurant une phrase en italien, ce dernier la prit dans ses bras et l'étreignit fébrilement.

— *Porca miseria...* Je n'ai jamais eu aussi peur de ma vie. Tu fais tellement partie de moi à présent que je me sens mal dès que nous sommes séparés. Je ne m'en serais pas remis s'il t'était arrivé quelque chose, *bella mia*.

Bouleversée par l'émotion d'Andreo, Pippa leva sur lui de grands yeux étonnés. Ainsi, elle comptait pour lui. Elle comptait vraiment...

Forçant son courage, elle prit la parole à son tour :

— Je suppose que tu as déjà deviné que j'étais en train de fuir une fois de plus.

— *Si...* Mais je l'avais bien cherché. Tu avais besoin d'être rassurée et moi, j'étais trop fier pour écouter mon cœur, trop orgueilleux pour exprimer ce que je ressens pour toi...

Un silence électrique s'abattit sur eux et Andreo baissa les yeux, en proie à un embarras inaccoutumé.

— Que... que ressens-tu pour moi ? osa Pippa.

— Je suis en train d'y réfléchir, justement, répondit-il d'une voix rauque en faisant courir ses longs doigts sur le visage et le cou de la jeune femme. Je me serais lancé à ta poursuite, tu sais. Autant de fois que cela se serait avéré nécessaire... Jusqu'à ce que tu m'accordes enfin ta confiance.

Ils se contemplèrent longuement sans mot dire, conscients de vivre un moment unique, exceptionnel.

— J'ignore pourquoi j'ai eu tant de mal à admettre que tu occupais une place de choix dans ma vie, *cara,* confia-t-il finalement.

Le cœur de Pippa fit un bond dans sa poitrine.

— Une place de choix ? Vraiment ?

Il hocha gravement la tête.

— S'il vous était arrivé quelque chose aujourd'hui, à toi ou à notre bébé, je ne me serais jamais pardonné de ne pas t'avoir confié ce que j'éprouvais pour toi, déclara-t-il avec ferveur.

— Je ressens exactement la même chose, murmura-t-elle tendrement.

— Ma vie repose entre tes mains depuis le soir de notre rencontre, *cara*. Jamais encore je n'avais éprouvé un tel désir pour une femme.

Rougissante, Pippa baissa timidement les yeux. Etait-ce tout ce qu'il éprouvait pour elle, un simple désir charnel, si intense fût-il ? Pouvait-on bâtir une relation durable et solide sur de telles fondations ?

Capturant son menton entre le pouce et l'index, Andreo l'obligea à le regarder.

— Je ne m'attendais pas à tomber amoureux, *cara*… C'est un sentiment douloureux quand il n'est pas partagé…

— Mais je t'aime, Andreo ! s'écria Pippa, le cœur gonflé d'allégresse. Je t'aime, je t'aime, je t'aime !

Une expression incrédule se lut sur le visage d'Andreo.

— Tu étais sur le point de partir… pour la deuxième fois… Alors que je venais de te demander en mariage.

Submergée par un flot d'émotions, elle fondit en larmes.

— Non, je t'en prie, ne pleure pas ! implora-t-il. Tout va bien, n'est-ce pas ? Je t'aime, tu m'aimes et je suis fou de joie à l'idée d'être bientôt papa… Je t'en prie, *amore,* ne pleure pas.

Un pâle sourire s'épanouit sur les lèvres de Pippa.

— C'est plus fort que moi… Mais ce sont des larmes de joie, Andreo, confessa-t-elle en riant. Je suis si heureuse !

Prenant son visage en coupe entre ses mains, il captura ses lèvres dans un baiser à la fois tendre et passionné.

— Oui, heureuse, heureuse, heureuse ! répéta-t-elle comme une litanie en se blottissant contre son grand corps viril.

Andreo la considéra avec attention. Un sourire radieux éclairait son visage.

— Acceptes-tu de devenir ma femme, à présent ?

Par jeu, Pippa fit mine d'hésiter.

— Je vais y réfléchir, minauda-t-elle en glissant une main sous sa chemise entrouverte.

Comme elle entreprenait de la déboutonner, Andreo emprisonna ses doigts. Une lueur espiègle dansait dans ses yeux noirs.

— Si tu me veux dans ton lit, tu seras obligée de dire *oui, amore*.

Ivre de bonheur, Pippa éclata de rire.

— Si j'accepte de t'épouser, puis-je te poser une question en retour ? lança-t-elle pour le taquiner.

Sans la quitter des yeux, Andreo se débarrassa de sa chemise.

— Dois-je comprendre que c'est oui ?

Pippa ôta ses chaussures en soupirant de félicité.

— Oui… sans hésitation… Et voici ma question : tu as dit que tu m'aimais, n'est-ce pas ? Mais à quel point ? demanda-t-elle, brusquement rattrapée par sa timidité naturelle.

Andreo l'enveloppa d'un regard qui trahissait toute l'adoration qu'il lui portait.

— Je t'aime beaucoup, passionnément, à la folie, répondit-il avec ferveur.

Touchée par l'émotion qui perçait dans sa voix, Pippa noua ses mains sur sa nuque et, se hissant sur la pointe des pieds, posa ses lèvres contre les siennes.

— Je t'aime tout autant… au moins, chuchota-t-elle avant de l'embrasser.

Un mois plus tard, Pippa épousa l'Italien de ses rêves.

Les préparatifs du mariage la plongèrent dans un incessant tourbillon d'activités. Quand tout fut prêt, elle passa deux semaines en Italie pour faire la connaissance de la famille d'Andreo. Elle rencontra ainsi sa mère, Giuletta, Marco, son jeune frère d'un mètre quatre-vingt-cinq, ainsi que ses trois sœurs aînées avec leurs familles respectives. Le clan d'Alessio l'accueillit à bras ouverts. D'abord intimidée par cette famille aussi chaleureuse qu'exubérante, Pippa ne tarda pas à se sentir tout à fait bien parmi eux. L'affection que chacun lui témoigna lui réchauffa le cœur, elle qui avait été habituée à des rapports familiaux plutôt tendus.

Andreo et Pippa se marièrent à Rome. Tabby et Hilary avaient aidé leur amie à choisir sa tenue. Sur leurs conseils avisés, elle avait jeté son dévolu sur une longue robe composée d'un bustier délicatement cousu de perles minuscules et d'une jupe à godets, taillée dans une superbe soie sauvage, et ornée d'une traîne magnifiquement brodée. Coiffée de la somptueuse tiare de diamants que lui avait offerte Andreo, et d'un voile court ourlé de satin, Pippa ravit l'assistance par sa grâce, son élégance et sa beauté naturelle.

Elle choisit Tabby comme témoin et Hilary comme demoiselle d'honneur. Hélas, au dernier moment, celle-ci dut céder sa place à l'aînée des nièces d'Andreo. Elle avait en effet été rappelée de toute urgence en Angleterre où sa jeune sœur Emma avait été hospitalisée pour subir une intervention chirurgicale. Salvatore Rissone, l'ami d'enfance d'Andreo, fut aussi son témoin de mariage. Dans le petit discours qu'il prononça après la cérémonie, ce dernier confia qu'il avait commencé à se douter de quelque chose lorsque Andreo s'était mis à consulter l'horloge du bureau, et à s'enfermer pour passer de longs coups de fil…

— Tu es d'une beauté à couper le souffle, *bella mia,* déclara Andreo à sa jeune épouse lorsqu'ils ouvrirent le bal, tendrement enlacés.

Pippa rougit. Son cœur s'était affolé lorsque, un moment plus tôt, elle avait posé les yeux sur Andreo qui l'attendait devant l'autel. Tout simplement magnifique dans un costume noir rehaussé d'une chemise d'un blanc éclatant… Il la fixait d'un air à la fois tendre et possessif, empreint d'une touchante solennité.

— Je meurs d'envie d'être enfin seul avec toi, ajouta-t-il d'un ton suave qui la fit rougir de plus belle.

Pour leur lune de miel, Andreo l'emmena à Ischia, son île natale, nichée dans le golfe de Naples. Avant de franchir le seuil de la magnifique propriété qu'il considérait comme son fief, il la souleva dans ses bras et l'embrassa avec ferveur. C'était ici qu'il avait été élevé en compagnie de ses frères et sœurs. Après le décès de son époux, leur mère avait décidé de s'installer à Rome.

Le lendemain de leur arrivée, Pippa sortit sur la terrasse baignée d'un soleil éclatant. La vue était enchanteresse : des essaims de maisonnettes blanches se détachaient entre de vieux murs de pierre qui séparaient des oliveraies au feuillage argenté et des vignes encore vertes. Au loin scintillait une mer d'un bleu profond, encore plus intense que le ciel limpide.

— C'est donc ici que nous allons vivre, murmura-t-elle en prenant appui contre son mari, débordante d'amour et de confiance.

Andreo l'enlaça et fit glisser ses mains sur son ventre légèrement rebondi.

— Oui, *cara*. Je voyagerai moins, maintenant que tu es là et que nous allons fonder une famille. La vie est tranquille, ici. C'est l'endroit rêvé pour élever des enfants.

Submergée par une vague de bonheur, Pippa se tourna vers lui. Une question la tourmentait pourtant et, après avoir inspiré profondément, elle se jeta à l'eau.

— Es-tu sûr que tu ne te lasseras jamais de moi ?

Andreo fronça les sourcils.

— *Dio mio,* d'où te vient cette drôle d'idée ? Comment pourrais-je me lasser d'une femme aussi jolie, aussi drôle, aussi intelligente que toi ? Aussi sexy, aussi attirante… aussi têtue…, continua-t-il en posant un baiser taquin sur le bout de son nez.

Il se tut avant de reprendre, le plus sérieusement du monde :

— Jamais je n'aurais cru qu'un tel bonheur fût possible, *carissima*. Tu es la femme de mes rêves et tu le resteras pour toujours.

Les yeux brillants, elle se blottit amoureusement contre lui.

— C'est vrai ?

D'un mouvement preste, il la souleva dans ses bras et la conduisit jusqu'au vaste lit tendu de draps immaculés.

— Vrai de vrai… Promis. Juré, murmura-t-il en scellant ses paroles d'un baiser passionné.

Sept mois plus tard, Pippa donna naissance à leur premier enfant. La grossesse s'était merveilleusement bien passée et l'accouchement se déroula sans souci. Ils baptisèrent leur fille Lucia. C'était un adorable bébé qui avait hérité des yeux noirs de son père et des boucles auburn de sa maman.

Tous trois partirent en France pour assister au baptême de Fabien, le deuxième fils de Tabby et Christian. Les deux couples avaient beaucoup sympathisé et ils essayaient de se voir le plus souvent possible, malgré leurs emplois du temps chargés. A l'occasion de leur premier anniversaire de mariage, Andreo avait même demandé à Tabby de réaliser un portrait miniature de la petite Lucia.

Cette même semaine, Pippa et Andreo confièrent leur fille bien-aimée à sa grand-mère Giuletta et partirent en amoureux dans leur prieuré de Dordogne. L'endroit occupait une place de choix dans leurs cœurs.

— M'épouserais-tu de nouveau si nous pouvions remonter le temps ? demanda Pippa le soir de leur arrivée.

— Je te sauterais dessus à la vitesse de l'éclair, *bella mia,* répondit Andreo d'un ton espiègle alors que son regard trahissait toute la sincérité de ses propos. Je t'aime, Pippa, j'apprécie ta présence chaque jour qui passe…

Il s'interrompit un instant avant de reprendre d'une voix enrouée par l'émotion.

— Et notre petite Lucia est un véritable rayon de soleil pour moi.

Plongeant dans les yeux noirs de son mari — des yeux qui ne cesseraient de l'émerveiller, elle le savait avec certitude —, Pippa l'enlaça tendrement.

— Je t'aime aussi… de tout mon cœur, chuchota-t-elle en sentant son cœur s'emballer comme Andreo capturait ses lèvres avec une exquise délicatesse.

toute trace du meurtre, Zoe réalise un portrait de la victime et lance un appel à témoin dans le journal où elle travaille. Au risque de devenir ainsi la prochaine cible de l'assassin…

Le silence des anges, de Dinah McCall • N°267

Dans une maison en travaux, au nord du Texas, un couple découvre une valise contenant le squelette d'un bébé. La découverte sème un vent d'effroi et d'horreur parmi la population : vingt-cinq ans plus tôt, l'endroit avait en effet servi de cachette aux ravisseurs d'une enfant de deux ans, Olivia Sealy. Celle-ci ayant été libérée après le versement d'une énorme rançon, une question se pose alors avec insistance : qui est l'enfant retrouvé mort ?

La fortune des Carstairs, de Fiona Hood-Stewart • N°268

Avocate à Savannah, Meredith Hunter est chargée à la mort de l'excentrique Rowena Carstairs de retrouver celui que la vieille dame a désigné comme son unique héritier : Grant Gallagher, son petit-fils illégitime, dont personne ne soupçonnait l'existence. Contrainte de faire face à la colère de la famille Carstairs, Meredith découvre que Grant lui-même ne lui facilitera pas la tâche : amer d'avoir été abandonné à la naissance, il ne veut pas entendre parler de cet héritage, et refuse même de recevoir la jeune femme…

Les portes du destin, de Catherine Lanigan • N°126 *(Réédition)*

Participer à une exploration de la forêt équatorienne : pour la géologue M.J. Callahan, il s'agit avant tout d'un voyage strictement professionnel. Mais avec ses deux coéquipiers, un aventurier entreprenant et un industriel plus réservé, la jeune femme découvre une jungle au charme envoûtant… et aux dangers mortels. Car une expédition a autrefois suivi le même chemin qu'elle à la recherche d'un trésor fabuleux. Et personne n'en est jamais revenu…

L'ASTROLOGIE EN DIRECT
TOUT AU LONG
DE L'ANNÉE.

(France métropolitaine uniquement)

Par téléphone 08.92.68.41.01

0,34 € la minute (Serveur JET MULTIMÉDIA).

Composé et édité par les
éditions Harlequin
Achevé d'imprimer en juillet 2006

BUSSIÈRE
GROUPE CPI

à Saint-Amand-Montrond (Cher)
Dépôt légal : août 2006
N° d'imprimeur : 61302 — N° d'éditeur : 12250

Imprimé en France